北 岳 诗 库

孔令剑

— 主编 —

灰 烬

ZHAO SHUYI
WORKS

赵树义 —————— 著

山西出版传媒集团　北岳文艺出版社
BEIYUE LITERATURE & ART PUBLISHING HOUSE

·太原·

图书在版编目（CIP）数据

灰烬 / 赵树义著 . —太原：北岳文艺出版社，2019.2
（北岳诗库 / 孔令剑主编）
ISBN 978-7-5378-5862-5

Ⅰ．①灰… Ⅱ．①赵… Ⅲ．①诗集－中国－当代
Ⅳ．① I227

中国版本图书馆 CIP 数据核字（2019）第 021603 号

书　　名：灰烬
著　　者：赵树义
策　　划：续小强
责任编辑：李建华
书籍设计：张永文
印装监制：巩　璠

出版发行：山西出版传媒集团·北岳文艺出版社
地　　址：山西省太原市并州南路 57 号
邮　　编：030012
电　　话：0351-5628696（发行部）
　　　　　0351-5628688（总编室）
传　　真：0351-5628680
网　　址：http://www.bywy.com
E - mail：bywycbs @ 163.com
经 销 商：新华书店
印刷装订：山西人民印刷有限责任公司

开　　本：890mm×1240mm　　1/32
字　　数：168 千字
印　　张：7.625
版　　次：2019 年 2 月第 1 版
印　　次：2019 年 2 月山西第 1 次印刷
书　　号：ISBN 978-7-5378-5862-5
定　　价：39.00 元

策划人语

　　"诗歌出版"是北岳文艺出版社的重要传统。前有"黑皮诗丛"，后有"天星诗库"，皆为中国当代诗歌杰出诗人之重要出发地。更有"外国名诗珍藏"，如今依然为广大诗歌爱好者所珍赏。

　　"北岳诗库"赓续如此光荣传统，其目光聚焦山西诗歌这一繁盛沃土，其旨在于不间断展示山西诗歌创作实绩，更瞩望为山西诗人造一清静小园。

　　"北岳诗库"，是我们探求共建共享出版模式的开端。大风吹宇宙，红日照高山。祈愿"北岳诗库"，如恒山一般，巍然耸立。

续小强
2018 年 2 月 2 日

文字睡在我的掌心（代序）

　　这是我第三次为树义兄写序了，迄今为止，他已经出版了五部大著：包括我没写序的长篇散文《虫洞》及散文集《远远的漂泊里》及《虫齿》——《虫洞》已经受到广泛关注并获得"赵树理文学奖"；《远远的漂泊里》及《虫齿》的价值，似乎也并不在《虫洞》之下；况且他还有长篇小说《虫人》（已经七易其稿只待出版）以及正在完成的随感录《虫语》——这都是些惊世骇俗之作，想来终将会被更多的读者所认知……但是现在，我只是要为他即将出版的诗集写序——很长的时间了，我便一直沉浸在树义的诗歌之中：一遍又一遍地阅读，每读一遍，都会有一些新的发现、新的感悟。可惜的是，当我想要把这些"发现"或"感悟"用文字表述时，却又总觉得词不达意，所以最终我只能自我安慰地想，文字"睡在"赵树义的"掌心"，我现在还没有办法把她们唤醒。

　　这是树义的诗，是睡在树义掌心里的文字：

　　　　文字像一只小鸟一样飞翔当然很好

　　　　不过，我最喜欢的还是小鸟跳跃着滑行的样子

小鸟自在地潜水的样子

我愿意把低过河堤的小鸟当作一个孩子喂养

让我喜欢的孩子从蝌蚪开始，呼吸水

枕着水草睡眠，干净地活着

小鸟偶尔挣出水面贪恋一口空气

我不想打扰她，不想揪住她的头发

甚至掐住她的脖子。谁能一生保持

一种姿势？鸟在水里，池塘在鸟的翅膀里

给池塘透明的流动，给流动宽阔的河道

这是我习惯的方式。文字睡在我的掌心

……

——《文字》

　　理论上讲，我对文字在情感上的亲近，应该是不太逊于树义的——我们习诗时间大致相近（我稍早些，但早期是写旧体，真正研习现代汉诗，和树义基本同步，是 20 世纪 80 年代初期，也就是我们上大学时）——那时我学的是汉语言文学，而树义学的是化学。但我们同时爱上了诗。在我的印象中，同是写诗，但我和树义走的并不是一条路子。在很长的一段时间，我总是觉得树义的诗理性大于感性。在大学期间，我甚至让他把他的诗隔一句删一句，以削减他思维上的那种逻辑性。但现在读过《灰烬》后，我知道是我错了。他的诗歌创作不是"理性"的而是"智性"的，他以他的睿智洞察人生，把他对于文字的天生敏感和悉心呵护，为我们献上了一大批"别样的诗"——

我一旦说出这个词，这个词便会变味
当然，她离馊或腐烂还有一段距离
她离憔悴或伤神也有很长的距离
人们曾把路径命名为发酵，它很隐秘
好比动物周期性发情，果实红透了
也便坠落了。当然，发酵与发情
并非一码事，坠落与堕落也非一码事
温柔与低低的流水更非一码事
可如果较真，许多事都可能是一码事
此刻，味道飘起来，这便是果实的长发
还是我的空气，我的早餐或晚餐
阳光穿越它，仿佛酸甜苦辣咸穿过胃
赤橙黄绿青蓝紫是真相，也是假相
我在案板上边剁葱，边流下眼泪

——《味道》

馊或腐烂、发酵与发情、坠落与堕落、真相和假相……
都是我在写诗时不会用的词，然而树义用了，而且恰如其分。
他是学化学的，却又比我学汉语言的更加体贴文字——

活在文字中。活在水中，空气中
活在一切可能或不可能中。活
一种音乐，一种又重又轻
一种又存在又不存在。我以文字举例
只因我需要一个借口。我仅在寻找

一脉管茎、一个台阶或悬挂鸟窝的树枝

这树枝其实不一定必须是文字

这树叶其实也不一定必须是文字

这树叶上的脉络其实也不一定是文字

我举例文字，其实也可以举例树纹

举例鸟喙，举例云或云上的虚构

举例龙或鳞爪，举例凭空而过的弧线

雨落下来，时光湿润，鱼跃出水面

在这一瞬间，文字或许便是我的呼吸

可我厌倦了表达。我是一个标点

随你想象我的形状。我想喘口气

这便是我的意图，这并非我的意图

我，一枚叶子，无所谓落或不落

无所谓重或轻，无所谓表达

——《我已忘记表达》

"忘记表达"是怎样的一种境界？"厌倦表达"又是怎样的一种心理？树义说"我是一个标点"，但标点的前边肯定是文字！

我这样说，也就是想说树义对文字的感悟和亲近，委实超于常人的。我甚至一直以为，他之写诗，除了情感抒发外，更多的时候，则是直接源自于文字——《词，或者刺》《季，或者祭》《惊，或者镜》《桃，或者逃》《梨，或者离》《莲，或者怜》《落，或者裸》《尘，或者谶》《铜，或者痛》《巷，或者像》《恶，或者饿》……这便是树义""《某，或者某》

之汉字系列"，他在这本集子中，只选了上述，但实际上光这个系列，他便写了一百多首。

树义笔下的文字温润而厚实，而且他又用"化学"将它们消化并弥漫开来（我说他是用了扩散性思维），成为由文字所构建的魅力无比的诗——

雪从前是说来就来的，像一天空轻柔的文字
雪落的感觉与夜半时分的诗句如出一辙
雪的确最像文字，飘逸，湿润，盈手一握
沁凉且温暖，宛如女子暴露在寒风中的细腰
文字该有的品质雪都会有的
我未料到今冬的雪会比一壶酒更猛烈

雪来时照常还是11月。日子过得像风一样
我还没有来得及把雪牵挂心上
雪就来了。雪是冬天藏而不露的眼神
一半落在女子盘起的发髻上，飘散
一半落在女子高耸的乳房上，圆润
雪在夜半来临，不曾跟我打一声招呼
我翻看日历，日历翻看早晚的寒流
雪便不声不响落上窗台。雪
轻轻推开冬天虚掩的门，季节
突然像初潮的少女，蓓蕾在一片红里发芽

雪说来就来了，不声不响却如此猛烈
一只酒杯在我的手心猝然碎裂

这个冬天会不会有特别的事情发生？

……我想，这场雪需用我一生的时间慢慢消化

这场雪必被写进历史，为白做最后的绝笔

我守着一壶温酒，不担心雪的洁白

只担心你走路的姿势像一瓣轻盈的雪花

河面覆盖着透明的冰

逝去的背影，疼痛且彻骨

——《雪最像轻柔的文字》

　　我只是抄录了树义的几首诗，都是有关文字的，我不想做什么评论，因为我对文字的理解确实不像树义那样深邃。我抄下它们来，只是想把我对树义诗歌的理会传达给所有喜欢树义的人。

　　我曾在电话中对树义说，我想给他写一个史上最短的序。因为诗歌可能只和阅读者有关，并非干"序"的事。但写了下来，还是长了，情必如此，理自如此。谨此而已。

　　三十年前，我就曾在给诗友写序时说，所谓"序"，其实就是一道帘子，现在我为树义卷起帘子，欢迎大家光临。

李　杜

2018 年 9 月谨识

目 录

第一辑　所有的灰烬都是温暖的

第二辑　叶子丢进西风，了无痕迹

第三辑　词是最低的悲悯

第四辑　从绿荷的掌心抽出隐忍的白

第五辑　越淡越痛的哀伤

第六辑　面对雪耀眼的白忧心忡忡

第七辑　露水落下，霜雪便来临

第一辑　所有的灰烬都是温暖的

叙 述

休止符或叹息是虚置的，夕阳或夜色
是虚置的，背景在黎明时刻隐身
我是说，你确认你看见那只鸟了吗？
那只在晨时打着瞌睡，在午时不停聒噪
在黄昏敛翅……不， 那只在午时
打着瞌睡，在黄昏不停聒噪，在晨时
敛翅……不， 那只在黄昏打着瞌睡
在晨时不停聒噪，在午时敛翅的鸟
对，我说的是一只鸟，并非羚羊，鹿
大象，或牛羊。并非熟悉的鱼
或不熟悉的鹭鸶。并非石头的雕像
或泥土的塑形。对，我说的是流水或泉
并非时光或井。所有这一切
你真的看见了吗？对，我说的是看见
而非听见，或争吵。 我相信
你的叙述足够节俭，冷静，似乎
错过一个字，便可能错过一场风暴
可我依然忧心忡忡，我的疑虑与你无关

果 实

你必须感到被某些东西磕疼，当然
过程并非吃掉蛋糕那么简单。焦煳与奶油
呈同样的金黄，而我嗅到了撕裂的味道
是的，你仅看到一枚果实被采摘
树叶的凋零微不足道。是的，这一切
都与秋天无关，秋天是显性的季节
或者说凹凸有致，她只是让一切更显眼
进而养成习惯。没有什么值得吃惊
我从冬天来，被春天欺骗，被夏天熬煎
我学会疼痛，麻木，便与你心有灵犀
我学会退后，再退后，便与你握手言和
落木萧萧在悬崖边，悬崖自身后坠落
一株草或许会指证这一切，可这与我
有什么关系呢？我只是不小心置身其间
我只不过若有所失，若有所思，若有所悟
偶尔在伤口撒一把盐，又偶尔忘掉霜降

味 道

我一旦说出这个词，这个词便会变味
当然，她离馊或腐烂还有一段距离
她离憔悴或伤神也有很长的距离
人们曾把路径命名为发酵，它很隐秘
好比动物周期性发情，果实红透了
也便坠落了。当然，发酵与发情
并非一码事，坠落与堕落也非一码事
温柔与低低的流水更非一码事
可如果较真，许多事都可能是一码事
此刻，味道飘起来，这便是果实的长发
还是我的空气，我的早餐或晚餐
阳光穿越它，仿佛酸甜苦辣咸穿过胃
赤橙黄绿青蓝紫是真相，也是假相
我在案板上边剁葱，边流下眼泪

以一场大酒迎接这个秋天

年正半百，往来的都是半百的人
突然想到往来无白丁的话
谁曾这么吹嘘？谁现在还这么吹嘘？
感觉就像有钱人弹奏一枚铜钱
铜臭气顶风十里，好好一个夜晚
就这样被熏黑了。其实，我本来想说
被调戏或被强暴了，可我年正半百
已经学会嘴下留情，口中积德
都是半百的人了，没有穷得叮当响的
没有富得流油的，没有红得发紫的
也没有黑得发紫的。恰好是周末
恰好遇见，恰好都是松松垮垮的人生
那么，我们喝酒吧，一直喝到凌晨
以一场大酒迎接这个秋天的到来
半百人的放纵，或许才是真的放纵

说到悲伤，秋风就起了

擦干净的地方，一回头，又落满灰尘
人世间的头皮屑一茬接一茬
何须春风吹又生？只有等到头发掉光
它才有可能干净，想到这些我多么绝望
大地上的植物有多少，尘埃便有多少
我无法收割世上的一草一木，只能想象
自己被剃成光头的模样。我知道丑陋
并不可怕，我只是担心被人看到反骨
我与世界其实是友好的，而世界
却与我格格不入。行走在悲伤的人间
我被世界悲伤了很多年：我流泪的时候
秋风就起了；我不流泪的时候
雪花便落下来。我必须学会在摩擦中
向这个世界取暖，祖宗钻木取火的手艺
至今仍得心应手。这些年，我一直
住在尘埃中，习惯以尘埃沐浴我的骨头
我知道，只要我一弯腰，你便会看到
我的反骨；只要我一低头，你仍会
看到我的反骨。事实竟如此悲伤
一想到秋风柔软的腰身，雪便来了

我喜欢只剩一把骨头的秋天

我垂下。我持续不断地垂下……
向上行走一生，我的方向到底在哪里？
临水而立，汹涌或波澜不惊的生活
缓缓逝去，我在岸边站立很多年
终于发现生长不只有一种方向
曾以为挺立便是挺立，弯腰便是弯腰
我多么愚钝！我的站立或倒下，荷
一场风便摇摆过了；我的爱恨或悲喜
荷一场雨便洗干净了；我的大半生
荷一年便经历过了……我多么愚钝
追逐着秋天，却爱上一支残荷
喜欢着秋天，却迷恋一把剩下的老骨头
我垂下。我持续不断地垂下
我渴望把自己垂成一介细如秋草的发丝
它那么轻，那么柔，又那么枯黄……

慢下来，不一定非做一只蜗牛

慢下来，但不要定型，那样你会变成果冻

慢下来，但不要定性，那样你会变成标本

慢下来，但不要定格，那样你会变成遗像

慢下来，不要让世界匆忙认识你

那样你可能是世界的悲剧

慢下来，不要让世界一直不认识你

那样你肯定不是世界的喜剧

慢下来，可以坐一辆牛车，不一定

非做一只蜗牛，可以背一只薄薄的壳

不一定非为世界背锅；慢下来

与猪做邻居，与蚂蚁称兄道弟，与大象玩游戏

偶尔去象鼻里穿越，自己吞掉自己

习惯不该被自己背叛

习惯了一个人坐着，不被任何人打扰
不打扰任何人。习惯了一个人活着
生的脸是死的脸，生的背影是死的背影
习惯了一个人呼吸，呼出去的是吸进来的
吸进来的是呼出去的。习惯了遗忘
习惯了清除，习惯了没心没肺
习惯了阳光里的尘埃。你看
一只蝴蝶在飞，谁打坐在谁的梦里？
没有最遥远，只有更遥远；没有最边缘
只有更边缘。习惯了在边缘行走
到更远的边缘；习惯了消失
不管是纸鸢，是落叶，还是弧线

关于声音，或死亡的呼吸

如果声音变不成音乐，她会是什么？
如果声音变成了音乐，她又会是什么？
如果声音变成音乐，如果声音不变成音乐
她究竟该是什么？在时光的碎片里
在碎片的撕裂里，在撕裂的夜色
或沙漠里，声音流沙一样从指缝穿过
有一种触摸如此温暖，又如此疼痛
仿佛死亡的呼吸，一丝一丝地揉搓你
一点一点地刺透你。所谓声波或分贝
便是一米阳光落下来，一枚树叶落下来
一粒沙子落下来，一寸光阴落下来……
瞧，一棵树倒下，风穿过你的身体
直抵你的乳房；瞧，一个人倒下
风穿过你的乳房，直抵你的眼神
哦，声音，声音……此刻，声音如水
我懂不懂音乐还有那么重要吗？

关于眼睛的若干种描述

喜欢眼白这个词，它穿短上衣、低腰裤
偶尔露出一闪一闪的肚脐，性感
但不暧昧。想用云翳或白翳代替眼白
可云有些朦胧，白有些隐约，翳似暗疾
当然，它还可能是白内障的残余
也喜欢眼红这个词，虽无法
把它与兔子联系起来，更无法
把它与鼻青联系起来，但它可能
很柔软，让人联想到嘴唇；也可能
很湿润，像某个一触碰便流水的部位
当然，它很可能就是嫉妒的另一种表述
可它毕竟鲜明呈现，我不以为罪
还喜欢眼青这个词，至少它比眼灰纯粹
当然，眼青也可能意味着恐怖
我却觉得它很孤独，还桀骜不驯
至于瞳仁，有些一本正经；至于眼珠
有些低俗；至于眼睫，有些迷离
至于眼眶，有些中规中矩；至于眼神
有些飘忽……唯眼睛才是你的乳名
我轻轻喊一声，便看见瀑布一样的眼泪

我还能向你证明什么呢?

游戏结束。叶啊蝶啊风啊光啊时间啊
都安静下来。这是多么熟悉的生活
我离死寂仅一步之遥,我几乎
就是死寂的一部分。我燃烧,我熄灭
我熄灭,我燃烧。我爱,我毁灭
我毁灭,我爱。所有的灰烬都是温暖的
请勿大声喧哗好吗?我承受过的
你终将承受;我承受了的,你不一定
能承受。与我一起说一次爱好吗?
是的,我已经爱过了,还将爱下去
我已经恨过了,不再有恨。除了尊严
我没有什么可翻晒的。你露出牙齿
我躲无可躲。你镀微笑于牙齿之上
我把露水当作牙龈。什么蒙住你的心?
为何看不见你的眼睛?我知道
你还想证明什么,我行走在斑马线
便行走在你意念的车祸里。我是
一只丢失了翅膀的纸鸢,我唯一
能给你的惊喜,便是不带眼睛出门
你设计的游戏在你的规则里结束
我除了安静,还能向你证明什么呢?

只能向时光承诺我的诚实

不管你信与不信，我说的都是实话
这"实"包含真实、诚实和良心
我忘记很多东西，喜欢简单，踏实
活在当下，实话实说便是保护色
习惯了雨中行走，我不戴帽子
习惯了风中行走，我不戴手套
习惯了雪中行走，我不系衣扣
我说出的每句话、每段话都有迹可循
或亲手所为，但我不保证动作不曾变形
或亲眼所见，但我不保证不曾眨过眼睛
至于听到的那些事，都不过是风过耳
人心潮湿既久，我的耳膜感冒既久
一如手掌经常起老茧，视网膜偶尔生锈
昨天说的，今天说的，甚至明天说的
都是真实的，可我无法把完整一天
原封不动地呈现你的面前。非我不想
实我不能，我只能承诺每个片段
都以诚实做底版，你若信以为真
便证明你或过于人情世故，或是白痴

除了爱人类，我还能爱什么？

最后一枚枯叶悄然落下，秋该尽了
除了山坡上裸露的沙棘果
天地间还剩下什么？树木与山一色
山与石一色，石与土一色
土与我一色，一山的寂寞溪水懂吗？
一溪的孤独河流懂吗？此刻
除了寂寥还是寂寥，我走向大地尽头
将与冬天相遇。如果我告诉你
脚下的土地曾是一片大海，大海之下
潜伏着白茫茫的死寂，你相信吗？
一切如此熟悉，可不幸的，除了一声问候
我只剩一地小心翼翼：世界，你好吗？
我爱过你，恨过你，最后只能爱你
我有一个家园，却必须去爱整个人类
……哦，我如此卑微，除了做一枚落叶
还是做一枚落叶，只有回到比死亡
还辽阔的怀抱，我才不会感到恐惧

颠覆或被颠覆

我不想颠覆什么，可世界早把世界
颠覆了很多年。一只倾覆的陶罐
一棵倒伏的树，一对颠鸾倒凤的影子
如此这般，世界不会因之而疯癫
纠缠或从根开始，不一定到根结束
一个人躺在一个人之上，一个人站在
一个人之上，一个人穿过一个人
如此这般，世界并不在乎繁衍或删减
我只是想坐下来说说话，我的话
不一定与世界有关，不一定与你有关
也不一定与我有关。我只是
说会儿话而已。坐着，站着或躺着
都不重要，声音直立或倾斜也不重要
世界把你颠覆很多年，你又何曾
不在颠覆自己？我与世界的关系并非
一枚叶子或一只鸟与一棵树的关系
倒更像两性关系：女人倒下
男人便倒下；男人倒下，女人
自然也倒下……如此这般，一宿无话

我与世界彼此荒诞

天冷了。天渐渐冷了。风告诉肌肤
肌肤告诉心，心又告诉了谁？
有归宿的一直在归宿里，没有归宿的
依然没有归宿。现状好像一直这样
现状难道真的这样吗？有归宿的
或许从来就没有归宿，没有归宿的
或许就蛰伏在归宿里。我指着世界说
多么荒诞，世界笑我如此荒诞
世界与我是一面镜子与另一面镜子
我与世界还是一面镜子与另一面镜子
一面镜子碎了，另一面镜子呢？
其实，很多事无法细究，并非世界太复杂
而是心找不到着落。其实，石头也是心
我却把石头当石头；心也是石头
我却说起雾了，白茫茫的世界好干净

我在人世间坠落

我在人世间坠落。我的姿势
无需飞翔来装饰，我的速度
无需降落伞来缓慢。当然
我并非说万有引力、加速度或阻力
是多余的。当然，我也没有说
它们不够多余。我只是坠落而已
与云、鸟或陨石无关。我只是
坠落而已，流星不过是自由落体之一
我不关心它曾说了什么
嗯，活着。对，就这个样子

不想再去说孤独

不想再去说孤独，那块石头已足够坚硬
何苦要用它磕疼自己？或许，并非
它磕疼了我，而是我磕疼了它
或许，我也是风化它或被它风化的一部分
总那么矫情，显得我们多么无辜
总那么自以为是，所有的错都是世界的错
为何就不能把自己当成世界的错呢？
其实，当你念念不忘孤独的时候
你还不够孤独；其实，当我
不说孤独的时候，或许我已开始孤独
仿佛爱一个人，让她感受到爱便好
万物都有肉身、纹理和触须
无人是傻子，动物如此，植物也如此

有些词语已经死去

裸露的夏天不过是一群雪白的大腿
仿佛春天是一座绿色的森林
脚一直向下，活着之前它走不到地狱
树一直向上，死去之后它抵达不了天堂
可这并不能说明夏天与春天方向相反
迎泽公园四门被封闭，在重新开放之前
晨练的人麻雀一样散落在立交桥下
我沿南沙河北岸行走，与公园擦肩而过
岸边拐弯处有一座小的园子
岸边的又一拐弯处还有一座小的园子
女孩在为花拍照，花与女孩谁是今天？
老人在路边读报，报与老人谁是旧闻？
日子混乱而有序，有序而混乱
有些词语早已患上性冷感
活在早晨的语境里，她便是一条死鱼

我已忘记表达

活在文字中。活在水中，空气中
活在一切可能或不可能中。活
一种音乐，一种又重又轻
一种又存在又不存在。我以文字举例
只因我需要一个借口。我仅在寻找
一脉管茎、一个台阶或悬挂鸟窝的树枝
这树枝其实不一定必须是文字
这树叶其实也不一定必须是文字
这树叶上的脉络其实也不一定是文字
我举例文字，其实也可以举例树纹
举例鸟喙，举例云或云上的虚构
举例龙或鳞爪，举例凭空而过的弧线
雨落下来，时光湿润，鱼跃出水面
在这一瞬间，文字或许便是我的呼吸
可我厌倦了表达。我是一个标点
随你想象我的形状。我想喘口气
这便是我的意图，这并非我的意图
我，一枚叶子，无所谓落或不落
无所谓重或轻，无所谓表达

垂挂在林中的枯叶

如果不是焦点，你会明亮吗？
如果不曾聚焦，你依然灿烂吗？
从黑夜中来，隧道深得如此柔软
昆虫自带的灯光映出腹部错落的纹路
哦，微凉的夜，地铁的终点在哪里？
向黑夜中去，你就是打灯笼的人
那些沟壑，那些荆丛，那些腐朽
哦，温暖的夜，地铁的始点在哪里？
我知道，你黑得不够彻底，也
不可能彻底，否则，一粒耀斑便
要了你的命；我知道，你就是那耀斑
你转动身体，我便看到林中的舞蹈
孤绝悬挂，凌空低吟，谁在探试
永不可抵达的高潮？哦，我看见了
她离死亡还有最后一步，或半步

影子，我，或光

影子在，我在；我在，光便在
反之亦然。因果关系好比男女关系
性和爱究竟谁是磁石？谁是铁？
跟着影子出行，影子便是力
牵引我走向地平线。或许
这并非真相；或许，这便是
真相之一种：我相信心太久了
相信地心引力太久了，相信自己
太久了，忽略了影子的存在
又或许，我相信光太久了，忽略了
自己也是发光体，一块石头
与一颗星体的差别，只在于方位
不只在于方位，黑夜不在意谁裸身
白昼里，我早习惯了影子的存在
更习惯了影子的不存在。或许
我错了；或许，光错了；又或许
影子错了……给我一瓶墨汁好吗？
我只想涂一层深夜，把这一切覆盖

双彩虹

看到天上的双彩虹，我决定不再说什么
黄昏总是柔软的。云到来之前
风也是柔软的。当然，所有的事物
都软不过彩虹，就像所有的事物
都坚韧不过彩虹。生活如此具体
总该有东西例外。虚度一日又一夜
总该有更大的虚无把自己掩埋
其实，自己埋葬自己并无什么不好
就像被欺骗之后还感激涕零
也没什么不好。总要给自己一个理由
这是继续活下去的缘由。相信彩虹
与相信黑夜并无区别
既然长了两只眼睛，就该适应两个世界

影 子

背转身，阳光依旧在，可
我看到了我的影子。是的，此刻
我背向阳光，正与影子面对
下一刻，我又可能与阳光面对
背向影子。任何时候
阳光都看得见，影子却有些不同
就像黑夜一出现，阳光
便变成影子，藏在黑夜背面

对 话

你说，当年如果那样，现在便会怎样
我笑了。你也笑了。你说，人生
没有后悔药；我说，人生本来就是一次
又一次错过，因为错过这一个
才可能遇见那一个。你笑了。我也笑了
你说，你放弃太多，我为你可惜
我说，我从未放弃什么，我只是在
寻找自己喜欢的。或者说，我所放弃的
本来就没有一样是我的。你我
相视而笑。关于人生的很多说词
却原来没有一句话、一个字经得起推敲

夜

夜深了，花儿醒着，人也醒着
夜深处的花儿也裸着吗？无须探问
仅可触摸。那裸着的人儿多么白
夜深处的灯火像蕊，像眼神
像一湾水泊。夜深了，树木醒着
石头也醒着。树身里暗生着一个夜
石中间潜伏着一个夜，根和心拒绝光
明亮只是一层薄薄的蛋壳。夜深了
光明醒着，黑暗也醒着。比光明
更深的是黑暗，比黑暗更远的还是黑暗
天亮之后，会有一角冰山显现出来
大海，你真的很大吗？高山
你真的很高吗？夜深了，森林醒着
寂静也醒着，森林睡着，寂静也睡着
林间空地里，花蕊和露珠难分彼此
花蕊一样的事物正露珠一样缓缓坠落

第二辑　叶子丢进西风，了无痕迹

梨花的白是不可言说的

你也许不信，我真的不想提起梨花。洁白的事物
总令人伤感，洁白的事物离死亡仅有半个花季
却让人孤独得想逃离土地。我无法分清此刻
到底该是三月或四月：农历古老，泥制陶罐被搁置
西元纪年摇曳，是谁的腰身紊乱了季候的眼神？
我越来越弄不懂那些花儿该在什么月份开放了
桃花是红的，却以婚纱模样呈现，疑似与情爱有关
杏花是白的，出墙的姿势总让人牵挂戴脚镣的女子
我不想责怪任何一种花朵，西风时常吹乱春雨
她们应时而开该多么不易！我理解花的薄命和心事
花一片一片堆积春天；我理解花的脆弱和心碎
花一瓣一瓣包裹和打开……我不会责怪带雨的梨花
甚至不想见带雨的梨花，哦，那些洁白的事物
除了流泪，还能做些什么？……总之，她是洁白的
总之，她是凋零的；总之，她总被无情伤透了心
看见暖暖的春风，她的身子便软了下来

早晚会被时光翻破

某日某刻，我或你将坐在梨园深处的那株苹果树下
花瓣洁白地落下来，这正是我或你想要的宁静
在那样的一个午后或黄昏，我或你还能说些什么？
我知道，你迷恋过白，那些易逝的纯洁和干净
那些心碎、爱和不能。还是不要把风雨霜雪和雷电
装订起来的好，小心漏水或断电；还是不要把黑暗和光
装订起来的好，小心涨潮或自燃；还是不要把
愁绪、忧伤、悔和诺言装订起来的好，厚厚的日子
不适合做祭台；还是不要把从前装订起来的好
何苦自己压垮自己，让一生喘不过气来？
你说你是一部线装书，早晚会被时光翻破
我只是一枚书签，叶子丢进西风，了无痕迹

准确写出一个事物竟那样难

只说喜欢梨花是不准确的，其实，我喜欢的
是梨花的白，这春光里的雪片或死亡
只说喜欢梨花的白是不完整的，就像爱上
一个白净的女子，你要爱着她的性感
还要爱着她的忧伤。枝干不笔直，枝桠不婀娜
叶子不纯粹，光照出的紫也不显眼；细雨落下来
倒是平添了几分凄迷，可那一地的白却铺在
几株苹果树下，梨园中的苹果树春色葱茏
抢先一步凋零的苹果花竟那样安详
我不是葬花人，你看对岸的白杨树一尘不染
半空的绿干净得闪亮，那儿是我最想去的地方

死亡的气息不只从花瓣中吐纳

被风吟诵过的梨花死在去春的风里，此去经月
我为什么还在惦念那场细雨落地的声音？
我目测过花逝的弧线，设想过零落成泥的祭奠
却不曾探问死亡怎样通过枝干喂养一树果实
总之，梨花在该空时空了，梨子在该实时实了
还有谁在意枝头的梨子是哪朵花儿转生的？
秋风一向谙熟季候流转的秘密，它摇动枝干
熟透的梨子便骤然摔落一地，啪嗒之声让人想到
少妇脸上裂开的口子。无血可流，无红可殇
一次隐忍的投胎换来一场高调的凌空告别
谁知道哪种方式最疼痛？哪种方式最沉重？
生命仅有一回，死亡吐纳气息的方式却不止一种
花有花的运，果有果的命，结实的树干也会倒仆
我心淡如根，不打扰时光，黑暗中仅存的悲悯
将目送你走上自取的路径，死亡必由你亲历
那一刻，大地静好，阳光既不惨淡，也不热烈

可疑的事物落英般坠落一地

生疑的词越来越多，譬如白、凋谢、结果或快感
天性都是模棱两可的，我不会把白理解为纯洁
或祭奠，把凋谢理解为挣扎或哭泣，把结果理解为
受孕或开始，把快感理解为即将到来的巅峰时刻
丁香花开了，可以暗指这是春天；梨花开了
可以暗指这是春天；老榆树上的榆钱挂满枝头
可以暗指这是熟透了的春天。其实，我最想把春天
比作一个轻解罗衫的女子，藏匿最深的事物
有意无意泄漏了最深的心机，就像那些生疑的词
越剖析越困惑。譬如河流或江山，譬如香草或美人
都是一个喻指，河流把水草冲刷成一滩卵石
卵石便把水草埋葬。美丽的方式并不一定都干净
不如赤裸裸来，赤裸裸去，砍掉一切可疑之物
只留住肉身，肉身便是完整的活着或死亡

说到秋天，就该流泪了

你耳语道秋天多美啊，我便流下泪来
秋天的颜色是霜淬出来的，冰凉也会生锈
顾影自怜的人，多愁善感的人，晶莹剔透的人
雨水锈蚀在玉米叶子宽阔的掌心
镰刀上挂着晨露，美的事物容易破碎
而阳光却在碎片上反复涂抹水银
朝着太阳微笑的人不关心空气有毒
在镜子里攒眉蹙额的人不相信镜子背面有毒
我在背后站立，既非镜子，也非影子
你蓦然转身，雪花漫天而下，天上的舞者
比秋天还多情。我倒吸一口凉气
秋天多美啊！生命如此仓促
唯有美是一声叹息，是没有眼泪的病理

我不是仇恨雨季的那个人

仇恨雨季的那个人不是我，是那双鞋——
它离地面最近，它不断移动，它渴望一直干燥
它多么自私！许多事情的发生都出自本能
埋在地下的种子盼着水，长出地面的植物呼吸水
奔跑在地面上的动物大把大把地流着水
大口大口地喝着水，即使天上的鸟儿也离不开水
……哦，除了石头，谁会拒绝水的滋养呢？
可这一切并不妨碍一双鞋仇恨雨季
鞋的仇恨到了雨季就发芽，遇到泥泞就扎根
直到它变成一双脚印为止。而那时候
我正赤脚行走在大地上，像头顶太阳的骡子

雨一落下来，花香便慢慢沉下去

无法逃脱的词性：出人头地和出尽风头

无法逃脱的运命：无论在茎上，还是在枝头

无力辩护，仿佛一切命定——簇拥在绿叶的波涛中

你不可逃脱；沉浮在绿叶的波浪上，你不可逃脱

仿佛一切命定，仿佛妖娆暗藏的温柔劫数

出生的那一天，你被抛在风里；出生后的每一天

你都被抛在风里；长大了，你把身体拳成

小而密实的拇指肚，却仍被抛在风里。一切命定

不可逃脱，蜜蜂总把针刺在心形的蕊上

蝴蝶总把焦距泊在乳房的晕上。秋天姗姗来迟

果实高过额头，坐在寺院前的台阶上

倚在石砌的护栏旁，把心跳放慢，回首来路

满眼尽是油墨样的绿色，桂花的香气竟那样浓郁

命定的，到了秋天你也逃不脱芬芳的围剿

你想对着空蒙的山林大哭一场

可雨一落下来，花香便慢慢沉下去……

我会不会把丑陋的根举到阳光下

打开喷头，细雨便淅淅沥沥下起来
室内的温度次第升高，室外的温度缓慢降低
浴室的四面墙上装满镜子，错落的温差或水雾里
你可看清自己？你把对面那人的衣服一件一件剥光
抱着肩膀说，瞧，这个一丝不挂的人多么高尚！
背后那人把你的衣服一件一件剥光
她说，看啊，这幅油画的曲线多么性感！
水珠一颗一颗滚下，滑过凹凸的弧线
那时候，我正站在雨里，想象你如何欣赏自己
秋雨斜斜穿过叶、枝和干，消失在树的根部
我仰起脸，看见叶子在枝头的弧线很美
看见叶子飘零在空中的弧线很美
看见叶子走后，枝和干一天瘦过一天的骨感很美
……你还记得吗？去年的去年肩头多么圆润
你还记得吗？去年的去年树根多么像虬髯
你多想把我的胡子倒挂天空：瞧，阳光多美！
秋雨把阳光湿透，我坐在树下冥想一道难题
在以后的日子里，我会不会去学习根雕？
我会不会把丑陋的根举到阳光下：瞧，死亡多美！

逆着阳光，每个人都是影子

向西望去——
林间跳跃的光影稀疏，镜头中的耀斑如时光烟头
叶子缓慢失去光泽。叶子的表面皱裂如老人的手背
冬天在山的那边，山坡还绿着，阳光仍旧直射
道路两边的树木擦肩而过，山顶的石头裸露
河流的石头裸露。你把遮光板放下，眯眼逆光前行
这是秋天，这是秋天未经霜打的下午
秋庄稼围困了黄土一样的乡村，平坦的道路笔直
返乡的时光遥远，你已经忘记泥泞的味道
已经忘记大太阳焦煳的味道……
城市制造了许多发光体，城市的森林不透光不透风
灰色城堡里的人在一座直挺挺的森林里跳钢管舞
灯光把每个人照射成修长的影子，虚幻的影子
贴着水泥匍匐生长的影子……城市拥有钢铁的意志
和钢管的声音，蹉跎其间，你备感冰冷和寂寞
你想回到乡村，你以为你熟稔乡村的一切
可逆着阳光，你却分明看见乡间道路上的每个人
都是影子……

墙头上

那座院墙由乱石堆砌而成，没有泥巴，没有蒿草
偶尔看见几只麻雀落在上面，很快又飞走
只有夏天我才坐在上面，有时发呆，有时不发呆
院墙之外的六月燥热而空阔，田野或远或近
常常看到或高或低的树木、鸟和牛羊，白云之下
兽是隐身的。在乡村，这些场景早已司空见惯
我其实在等待一场洪水，漫山遍野的溪流像野马鬃
看到庄稼站在雨水中，这个夏天便会渐渐走远
看到庄稼站在雨水中，我便看到植物一生的悲凉
院子是寂静的，无论我出走之前，或出走之后
这幅油画的底色都不曾发生过任何改变

瓦房上

瓦楞瘸了蛇行的脚步，蜗牛一样爬上屋顶的那天
我并非寻找瓦楞草的。坐在晴朗的屋脊上
我不止一次与瓦楞草并肩，可我长不成瓦楞草
瓦楞草是屋脊高举的苦孩子，与我并无相像之处
我在爷爷肩头长大，爷爷说，三天不打，上房揭瓦
古训是头顶的瓦片，那天，我爬上屋脊只是好奇
瓦灰的路径错落有序，它允许阳光和雨水流动
允许夜色和风顺坡而下。无可争辩的事实是
那天，我爬上瓦灰的屋顶只是想看看喜鹊、乌鸦
或者猫头鹰眼中的风景。我不揭瓦，没有必要
把任何事或物都当作隐喻。我恐高，对悬挂的空荡
心存畏惧。那天，我只是想看看鸟们眼中的风景
但我不会模仿鸟们的飞翔，即使高度低过
雨中的燕子，我也会感到眩晕。不过，出于远眺
我经常在童年爬上故乡瓦灰的屋顶
那一刻，黄鹂在树上鸣叫，爷爷在院子里微笑

鸟在低处，人在高处

鸟在低处，人在高处，飞翔在更高的高处
生活在别处。我们在居住的房子里
种上花，种上草，种上树。我们在外墙上
涂上一片竹子，涂上层林尽染的意境
成群的鸟在墙角散步，一只鸟在屋顶上鸣叫
我们在一个窗口呼吸，一个窗口就收尽
所有的景色。耀眼的黄色在我们的墙上流淌
就像秋天挂上石壁，就像玉米、谷穗、大豆
挂上房梁。金黄色的季节像菊花一样宁静
没有风，没有一丝的褶皱，雨在别处
霜也在别处。这个时候你会想念雪吗？
想念那一片白，想念白之上的那片寂寥
想念寂寥之上的又一场大雪……雪
从高处落下来，在低处化开去
我们的房子在不高不低的地方
鸟在低处，飞翔在高处，生活在别处
一个女孩站在窗口，金黄色的原野在远处

一个两手空空的人

那款老式奔驰车让我想起田野的虫子
一只不知名的虫子，一只带花斑的虫子
可它不叫瓢虫。无疑，它是甲壳虫之一种
动物坚硬的金属。我看见它转动了一下身子
那个瞬间，阳光耀眼得有些眩晕
好像强光打在舞者的身上。那款老式奔驰车
停靠在停机坪，停机坪停靠在夕阳下
夕阳温暖得有些暧昧，仿佛一张曝光过度的照片
看啊！夕阳下的影子多像一块随风飘荡的布
可停机坪不是做爱的地方，你把脚尖踮起老高
也够不住天空的半个吻。你想去飞，想做一只鸟
生一大堆孩子，想睡在悬荡半空的巢里
想远方，想死亡之前你想着的和想着你的人
我的眼睛越来越模糊，我又看见了那只甲壳虫
它的眼镜越来越厚，鞋子越来越沉
我看见那只甲壳虫拎着一生的皮箱走来走去
而你却两手空空……那个两手空空的人
一生只做了一件事，一生只爱了一个人
我也想寻找一个两手空空的人
想让夕阳给我点一支烟，默许我坐在鸟巢之下
看一个两手空空的人在身边静静散步

本杰明，晚安！

出生的那一日，本杰明就老了，就该被遗弃了
可皱纹绽放并非意味着皱裂结束。一条根可以是
一棵树，这样的开局意味深长。本杰明知道
时光是无法制造的，但钟表可以制造
时光是无法倒流的，但时针可以倒转
逆着人类，倒着生长，的确是个很不错的选择
可以看到许多人看不到的事物，可以看着人类衰老
自己年轻，可以凭借内心的恐惧为秘密寻找答案
年老的面孔为何如此慈祥？他们已失去力气
他们已无力战胜任何东西，他们的皱纹里除了慈祥
还是慈祥。人活一世便是在一点一点积攒力气
从啼哭，到站立、走路、奔跑、喝酒、斗殴和做爱
这是一个发酵的过程，是一个从手无缚鸡之力
到仗剑决斗的过程。这个过程如此漫长
会遇到许多不明的事物，穿越隧洞必须精力旺盛
当积攒的时光足够照亮洞口时，我们便老了
从老开始，一出生便懂得放弃；从皱纹开始
像一枚磨细的表针，所有的尘埃都落定
没有什么可以永恒，除了那句问候——
本杰明，晚安！不管时光倒流
不管时针倒转，除了爱，这句话会让一切归零

灵魂倒挂在树梢

惊悸或颤栗的时刻，我会看见你挂在树梢
我一直相信你是温暖的，像一只鸟窝
我一直懂得你的千疮百孔，像那只鸟窝
摇摆的是肆虐的风，不是你
坠落的是鸟窝里光滑的蛋，不是你
可我还是透过指缝看见了你的摇摆，看见你
像一颗蛋，被人紧紧攥在手心
苦汁破壳而出。一棵树和春天刹那绿了起来
掩映的鸟窝刹那湿润起来
可我还是喜欢你冬天里那副吊儿郎当的模样
喜欢你赤裸裸地倒挂在枯枝中间
像一枚扎眼的钉子，刺穿惨淡的黄昏
即使树倒下，你也不会倒下

时间简史

坐在轮椅里的霍金还是个孩子，时间多么残酷
又多么可爱。孩子是自由的，孩子是穿越者
对岸的庄周在秋水里洗濯，哦，不要把寒冷吹过来
不要把骷髅堆在孩子脚下，他已爱上金属脚踝
庄周早已忘却疼痛。哦，不要在曲水上流觞好吗？
不要让蝴蝶装饰窗口好吗？不要对着死去的爱情
鼓盆而歌好吗？我爱你的古老，也爱他的朝气
爱东边的上巳和寒食，也爱西边的复活和感恩
如果我是漂流瓶，我会为你们传送蝇头小楷的信笺
你瞧，宇宙茫茫，孩子都是斑斓的蝴蝶
他把时间安装在左腿上，把空间安装在右腿上
他的脑袋是黑洞，你的鲲鹏会不会横空而来？
所谓时间，便是他坐在隧道这边，你坐在隧道那边
我守在一座墓穴的洞口等待蝴蝶，谁能告诉我
他们是罗密欧和朱丽叶，还是梁山伯和祝英台？

灰烬物语

我对你的爱便是那灰烬，我对你的恨
也是那灰烬。柴薪在你手中，火种在你手中
燃烧也在你手中，寒食节走失在《清明上河图》
我仍是那个吃冷食的人。不必介意那场大火
不必担心腿上的伤疤，介子推绵山踏青去了
割肉熬汤那日，他只想到饥饿，没想过封赏
本能便是那灰烬，便是那清明雨。我并非冷漠
心如止水的人从不关心扬汤止沸。我不拒绝
浇灭、践踏、扬起和虚妄的指控，所谓灭顶之灾
不过还是那场莫名的大火，那把温暖的灰烬
"蜡炬成灰泪始干"，李商隐一贯自作多情
燃烧便是燃烧，灰烬便是灰烬，与眼泪何干？
我一生的过错仅是把火焰的炽热当作清白
火焰对我的爱便是那灰烬，对我的恨也是那灰烬

犬及主义

其实，它不曾发声。其实，它是温暖的。坐在饥饿的黄昏
谁不想弄出一点动静呢？我仅仅是远远望了一眼
远远的意思便指鸟窝里的那颗蛋，或许有用，或许无用
无人能分清阳光和风谁是催化剂，谁是催情剂
谁又是软软的绳子。不管怎样，此生毕竟度过一段
荡秋千的日子，摇篮或陷阱并不重要，注视林中那团温暖
便可以砍掉多余或不多余的枝条，以及碎裂的石头
腐殖的泥土，当然还包括落叶和裸露的根。其实
每种事物都可以发声，那些声音可以有金属的质感
有光的质感，有风的质感，有雷或电的质感……
世间万物不只是一种形状，还可以是一种声音，只不过
我的耳膜被磨成薄薄的茧，风一吹便柔软为一地流水
衰老的事物在阳光下晾晒过冬的皮毛，安静而温暖

深夜听雨

想象该有雷声滚过，但没有；想象该有闪电划过
但没有；想象该有裂帛之声撕碎黑夜，但没有
雨就这样安静地下着，似乎没完没了，没完没了
夏天的雨熟透，没有春天的新意，没有秋天的老成
我常常在雨中行走，习惯了被淋湿，又被晒干
没有什么，今年只不过多雨而已，雨与我的关系
只不过湿透又晾干而已。生命总得有些水分
我总得挤干一些什么。此刻，我已经坐在窗下
听雨从玻璃上滑过，我已经不关心那雨是温暖的
还是寒冷的，抑或刺骨的。我拥有一间书房
书中的东坡说也无风雨也无晴，他还是操心太多
我更想做时光的裂帛书，更想坐在风雨之外或冬天
如此，便不用关心玻璃外的雨是热的，还是凉的

与狼共舞

我承认我为狼唱过赞歌——我赞美狼雄性的嚎叫
赞美狼雄性的器官，赞美狼雄性的皮毛
赞美狼危如累卵的荷尔蒙。一幅剪影兀立荒野
昂起的头颅多么性感！那是走进城市之前的事了
如今，我迷失在热带雨林，瘴气在四周弥散
斑驳的光影里，狼影影绰绰，蛇仅是一片窸窣声
哦，童年把纯真祭献给你，把善良祭献给你
童年是一个出卖贞洁的女子，信任多么可疑！
我曾经抵押童年的天真，高尚多么可疑！
我在昨天给你讲述人生，你在今天给他讲述人生
我和你同时说到虚伪，这该需要多大的勇气
又该需要多大的智慧，我和你多么可疑！
你相信昨天说过的话吗？你记得昨天说过的话吗？
狼说，良心是为狗豢养的，只有谎言可以疗伤
想起一张涕泪交流的脸，我多想抽自己一个耳光
我曾经赞美过披着狼皮的羊，我多么可疑！

菊花多么好

在深秋，在落叶间，菊花多么好！
在雨后，在寂静的公园，菊花多么好！
黄的，白的，紫的，粉的，绿的，墨的，雪青的
白中微绿的，红中含白的，红黄各半的，红白绿相间的
心花上，边花上，背面上，腹面上，花蕊上，花茎上……
水珠缭乱了一地寂静，透过繁复而干净的花朵
你曾直面过死亡多少种姿势？多么幸运的事
你目送死亡结队远去，才遭遇自己的花季
多么不幸的事，你是死亡最后的守灵人
唯有雪花匆忙赶来为你致洁白的悼词

突然累了

从眼睛的深水处看见一片云翳，船橹突然累了
从船橹的尾鳍上看见一片浅滩，鸥鸟突然累了
从鸥鸟的翅翼下看见一场飓风，雷电突然累了
从雷电的巉岩上看见一片海水，苍鹰突然累了
从苍鹰的嘶鸣里看见一片森林，山峦突然累了
从山峦的乳峰上看见一场大火，冰雪突然累了
从冰雪的肌肤上看见一片月光，峡谷突然累了
从峡谷的脊背上看见一场大雪，霜露突然累了
从霜露的肋骨下看见一座茅屋，爱情突然累了
从爱情的皱纹里看见一枚草叶，季节突然累了
从季节的额头上看见一根白发，死亡突然累了
从死亡的岔路口看见一个婴儿，世界突然累了
从世界的胸腔里看见一场坏脾气，心突然累了

来去辞

我说过，这是即将来临的转折
我要祝福你，那个站在台上的人
不管你是丈夫，妻子，孩子或伙伴
不管你是黄皮肤，白皮肤，还是黑皮肤
这是零点时刻，人类和烟花一直翘首等待
剧场外的雨或雪或许已经停了，或许还未停
这个并不重要，重要的是任何剧本都需要高潮
此刻或许还在秋天的落叶里，或许已是冬天
这个更不重要，我说过人类期待一个转折
这才是最忘情的娱乐，在幸福还没有
来临之前，没有比这更荡漾的时刻
我要祝福你，那个站在台上的人
这是一个转折，高潮即将来临

在时光里

在时光里，总要找点事情去做。敲打敲打石头
雕琢一块朽木，团一把泥，有声或无声
有形或无形，美或丑，都无所谓。去找一个女子吧
找一个爱你或你爱的女子，与她做爱或厮守
生活几千年来一直这个样子。女子都是水做的
不做任何改变便流成了时间。走进一座孤独的山林
为松林铺上本性的底色，与狼、狍子、麋鹿
或者野猪讲一截黄段子。山林最不缺的是绿色
诙谐一点是被允许的，不过，语调最好抑扬顿挫
运动的东西都熟谙节奏，羊、牛、马，或骡子
是一种节奏，鸡、鸭、鹅，或麻雀是一种节奏
男人和女人是一种节奏，男人和男人、女人和女人
也是一种节奏。真正寂静的东西是不会发光的
自然和文明默许欲望发出一些声响。稀有是
沙子里的黄金，比如回忆，比如无奈，比如憎恨
比如爱得死去活来，时光的炊烟里安静的东西不多
除了死亡和涂满夜色的嘴唇。三分之一用来睡眠
三分之一用来做事，还有三分之一可以挥霍
可以笑或流泪，可以爱或不爱，可以惊天动地
或默默无闻。想一想一生还没做和没做到的

想一想曾经擦肩的事物，有些东西放置时光里太久
就不会再有疼痛。疼痛的事大多发生在瞬间
时光是最好的止疼剂，在时光的乳沟里
痛不一定就要比不痛多，也不一定要比不痛少
流水已成曲线，不必顾虑沟壑的想法
做什么都要狠一点，抵达峰巅忧郁便减轻一些

焦虑症

槐树叶坠落的姿势从容，我从容。徒步穿过马路
所有车辆都被拦在十字路口。两手空空的人是自由的
我非低头族，不关心新闻很久。其实，在信息时代
无新闻便是最大的新闻，爆炸发生在下一个路口
烟尘飞扬那刻我在公园另一头。我离某个事件很远
我与某个事件隔着一座公园，我能听到什么？
在公园，我离某年中秋的踩踏事件很近，路过七孔桥
我听见或看见又如何？远或近，我都可能是事件的一部分
远或近，我都可能不是事件的一部分，一只轮胎老了
一双鞋子旧了，空气中飘浮着焦虑的味道，橡胶的味道
汽车轮胎不把烟味磨出来，牙齿也会把烟味磨出来
……时光神不守舍，黄昏开错房，夜晚上错床
在早晨，我只是一把被遗弃的牙刷，只要你愿意
便可剥夺我刮胡子的权利。出门前与镜子打个照面
出门后与影子握握脚，听到或听不到爆炸与我并无干系
碎片或谣言砸伤的都是路人。站在办公室窗前
看梧桐叶天空翻飞，秋天如此从容，这才是我的焦虑

榆树下

迎面的风雪飘落在初春的舌尖，心肠软了许多
石板路湿滑，我想起久别的故园。故园
有坚硬光洁的核桃树，有虬曲带刺的枣树
有枝蔓丛生的花椒树。故园是香的、甜的、麻的
我却时常怀念故园的一株榆树，不知道何时
还能回到那株榆树下看日出日落。我无心无愧
却身心疲惫，不想去揣摩世人的心事，不想悟禅
只想坐在那株榆树下，闻一闻榆钱儿
听一听风、云、雨或蝉鸣。我一直在怀念里挣扎
像秋后蹦跶不了多久的蚂蚱；我一直想回到
那株榆树下小憩，假寐，即使片刻也心满意足
我紧绷的神经一直咔咔发疼，我磨损的关节
一圈一圈盘旋在身体里，老茧一样，螺丝一样
越抽越紧，越磨越结实。时光像皲裂的皮
守护着一颗纠结的心，此去经年，我不知道
我的骨头因何变软，眼睛何时能再清澈
我只想回到简单里，回到顺时针的方向里
做一回榆木疙瘩，锯子锯不断，斧子砍不烂
我只想回到年少的春天，守着故园沤不烂的泥土
种花、种草、种豆。如果骨肉必须豆荚一样

噼啪分离，那就剥开干裂的皮，碾碎多汁的肉
用年轮上掉落的尘埃果腹充饥。我不想说话
只想打坐在故园的榆树下慢慢衰老，只想远离
比榆木还疙瘩的心事，即使孤独布满沟壑

倒春寒

倒春寒不曾光顾，天空寒得发潮，风婉约的低首里
那场大雪必在今夜如期而至。雪已经爽约了
一个冬季；在春天，被雪爽约更是司空见惯的事
但那场大雪依然来了，一如我依然相信的花事
相信在零点，会有失眠的蝙蝠驮着黑暗翩然而至
兄弟，我想对你说声对不起，我真的不该
与那个经期紊乱的老女人称兄道弟。兄弟，原谅我
轻易亵渎了兄弟这个称呼，可雪也会犯错，这个冬天
她一直缩着瘦削的肩，指望倒春寒去打扫她的故园
这个冬天，她一直守着瘠薄的胸口，指望在故园
种下一地纯白或纯黑的草籽。土地一冬都是寒冷的
春天徘徊在雪与倒春寒之间，很近也很远
雪莱已经欺骗了我半个世纪，在流凌上招摇的
还是那个自称花季的人。她正让老男人勃起
让正当年的男子阳痿，她把甜言蜜语涂在私处
一分钟以后，马蜂和蜜蜂都会变成她的情人
兄弟，你知道的，夏天还很远，可我已经听到
木床咿咿呀呀的癫狂。我一直欠身坐在浮冰之上
听那个经期紊乱的女人一本正经谈论时令
她说，禽归禽，兽归兽，倒春寒将在春天里死去

我抬眼望望天空，冬天很寂寥，春天很无聊
兄弟，我不想去东山采菊了，我要去寻找
丢失已久的草籽，把它种在四五月间的子宫里

虚 幻

曲终人散，时光里的一切如此虚弱，如此虚幻
我端着茶杯发呆或抽烟，水或雾里的一切
如此虚弱，如此虚幻。如果你坦然，我愿意
为你斟一杯酒，啤的、红的、白的，任你挑选
如果你坦然，我愿意坐在你对面，让你看我眼睛里
那片黑的湖，白的天。你的眼圈不必发潮
我的眼珠从来就不够蓝，脸颊上的那朵红晕
如此虚弱，如此虚幻。一切都是多年养成的习惯
我不曾改变，不会改变，如果你真的坦然
你依然可以在我的脸上涂脂抹粉
你的手不必发抖，心不必发颤，曲终人散
我还是我，时光里的一切如此虚弱，如此虚幻

秋 天

叶子是明亮的，风是明亮的，风之上的辽阔是明亮的
当然了，头顶以及心底的阳光也是明亮的
久违了，明亮累累的季节！每天睁开眼睛，我告诉自己
我看到的景象一定是这样的；每次伸出手，我相信
满掌心都是明亮而细小的事物：包括麦芒的余温
或路边倒伏的秋色。在秋天，黑暗依然存在
明亮已不可替代，手握的果实不再温暖但镀上光泽
啪嗒，阳光滚落窗下，蛰居的地方竟是一座池塘

傍　晚

天空暗下来。是的，是天空自己暗下来的
不是我说暗它才暗的。空气中弥漫着雨水的味道
我在头顶上方看到几朵云彩，它们类似赭红，类似火
类似温暖。是的，仅是类似而已，它们不是赭红
不是火，不是温暖，它们离天角还有很长一段距离
我是从角落走出来的。当然，我走出的地方不是天角
不是地角，仅是一座或几座建筑物构成的墙角。我
经常坐在锐角里发呆，经常透过窗角看着天空暗下来
是的，我仅是看着天空暗下来，不是看着人暗下来
不是看着人性暗下来，不是看着人性的角落暗下来
我远离人群很久了，我相信再黑暗的天穹也会有光
我是不是有些不可救药……嗨！你看那道赭红的伤口
其实它也温暖过，而此刻是傍晚，不是黄昏
天空在傍晚暗下来，空气中弥漫着雨水的味道

安　静

你知道，我只是想安静，想安静地读书、写字、说话
嗯，安静，比峡谷还低的请求，不过分，且本分
一株倒伏沟壑深处的草，自然地泛绿，自然地枯黄
记得你也说过喜欢安静，我不敢笑出声来。当然
如果你感到郁闷可以找我来，在面对面的旧时光里
我们就这样边说话边安静下来。不过，我从不提当年
旧时光是补丁，它修补不好过去，我修补不好忧伤
让过去安静地待在过去吧，此刻，安静是泓水
偶尔微澜或结冰。如此甚好。我对温度从不存奢望
安静便是个没有温度的词，没有温度的洞
我只是想待在安静里，我与你说过冬暖夏凉吗？

辞 秋

无话可说时，便说这是即将凋零的时刻
黄透的叶子挂在树上，光的信誉打了折扣
风歪着脑袋睥睨一眼，坠落悬而不决
在必然的结局里，过程和细节通常被忽略
秋天的咳嗽抵住腰身，比洼地的雨声还微弱
喷嚏卡在喉咙里，衰老的事物患了重感冒
黄昏更昏黄，除了关在牛圈里的老马
谁还会惦记那道荒坡？谁还去咀嚼枯草？
风湿性关节炎又疼了，秋天的霜露更重了
一口窨井或一双长筒靴便可勾引冬天？
其实，谁都清楚这是绯闻，这是谣言
秋天躲在果实里，是秋阳把她出卖的
秋天陷在落叶里，是秋风把她埋葬的
秋天藏在树根里，是秋雨让她凉透心的
无人辩白，床边围着的都是亲近的人
寒流推开病房的门，无药可治时
便在遗嘱里写道：开启一个干净的季节

本 性

咳嗽，妄语，癫痫，多动症，或偏头痛间歇性发作
你或我都会是病人，你或我都可能扮演多种角色
你与我的差别，便是你先让我看到左脸，再看到右脸
先让我看到眉骨，再看到反骨。我也是长反骨的人
本色不施粉黛，闻到颜料的颜色便会想到汽油
看到汽油的气味便会梦到大火。火烧十年旺啊！
可我更喜欢流水，解梦的人说水象征着财运
我只迷恋它无情的逝去。时光啊时光，你这流沙
我让你从我的指间穿过，你却缓缓将我淹没
难道所谓的人生，便是在欢笑中不知不觉窒息？
哦，知道树为何要向上生长吗？那是我前生的手臂
此生我必须枕着它入睡，来生我只愿做它的落叶

病 句

阅读病句二十多年了。你不动声色，藏身其中
曾令我惊讶；你成功地把病句偷换成生活
反倒使我平静。腾挪术只适合雕虫
抵不过榆木疙瘩的本性。曾试图修改变态的句式
我该多么不自量力。无奈，无聊，无耻
圆的边缘呈渐变色，满月的过程比死亡更寂静
病句本是根部的一部分，包括残缺的标点
和错乱的字词。病句不病，你注定死去
你即便死去，病句仍有可能存活
生活秘诀：病入膏肓的人最热衷于带病运行

文　字

文字像一只小鸟一样飞翔当然很好
不过，我最喜欢的还是小鸟跳跃着滑行的样子
小鸟自在地潜水的样子
我愿意把低过河堤的小鸟当作一个孩子喂养
让我喜欢的孩子从蝌蚪开始，呼吸水
枕着水草睡眠，干净地活着
小鸟偶尔挣出水面贪恋一口空气
我不想打扰她，不想揪住她的头发
甚至掐住她的脖子。谁能一生保持
一种姿势？鸟在水里，池塘在鸟的翅膀里
给池塘透明的流动，给流动宽阔的河道
这是我习惯的方式。文字睡在我的掌心
水、草、睡眠，还有水中的停顿
还有跳跃的姿势，还有蓄水的胸腔和眼睛
便是我打量这个世界的全部触角

第三辑　词是最低的悲悯

收 割

你提到了卖粮，不过，没有提到粮贱伤农
我几乎忘记收割是一个动作
水被镰刀锈蚀，秋雨有着灰尘的味道

其实不提收割最好，在镰刀面前
我从第一人称变成第三人称
无须考虑季节，我被反复收割，我忘记
收割是一个动作。偶尔关心一下
镰刀，它生锈，我疼

禅　缘

打开这部书，有莲花来，有荷叶来
白的，绿的。有光来，花脱落，枝脱落
根脱落，我或你皆脱落
所谓禅缘，便是不曾谋面却如相见

我想说这部书，这部书便泛黄了
我没有翻动书页，是风翻动的
眼角的泪是最深的悲伤，只有一颗
嘴角的词是最低的悲悯，下雨了

我退出，你进入，这部书便是你的
禅缘也须证，月亮照在北边，照在南边
有雾岚，有悬瀑，有一泓轻的光或水
寻找不如碰面，月亮照在上面，照在下面

空 园

这座园子快要空了，色彩和声音将一起搬出去
风不算萧瑟，雨不算阴冷，风和雨昼夜轮替
却混杂出绞杀的味道。温暖的园子，一池的青蛙

树梢空了。树干空了。枝桠间的鸟窝很早便空了
黄叶一层一层铺将下来，凋零偶尔摆个造型
松洒清水，柏执拂尘，软黄金的道路送你一程

空是早晚的事，从未问起这座园子的主人是谁
该放就放，该空就空，如此很好。这个冬天的雪
注定薄不了，它拿什么样的草压垮空空的骆驼？

空　壳

蝉鸣过后，挂在树上的仅是一个空壳
何苦牵挂向上的事物呢？除了让磨难
变得更磨难，中年几乎是一件半失重的物体

我喜欢向下的感觉。试着想一想
既然怎么做都无法更好地接近天空
不如转身潜入泥土，与地心引力保持一致

低的东西并非黑暗，暗的东西并非苦难
逼近大地的心脏，看看心可以低到怎样的位置
看看低处的心境会不会突然灿烂

或许这是一次冒险，可人生总该有一次意外
以最轻的方式向最深的地方走去
权当自己是树的倒影，或一棵倒栽的树

其 实

第一场雪是昨天下的，记忆不会这么快就欺骗我
其实，越近的事物越迷离，不必探求真相
我掬起一捧雪将手洗干净，早晨的雪不沾尘埃

我的手其实并不脏，我只是洗掉手掌上的一小块泥土
我的动作是下意识的，我本无必要让自己一直干净
很多事物其实很难说得清白或不白

松和柏固执地绿着，雪落上去便凸显出几分凌乱
柳叶凋零得慢一些，雪的下面垂挂一树的半绿半黄
槐树以及与槐树相近的植物光秃得十分彻底
那一树的白一条一条指向天空，竟美如素衣的女子

其实，槐树没有必要这么刻意，干净便干净了
我不去祭奠冬天，它更没必要举起白幡
其实，活着没有那么复杂，像雪一样轻盈
自己便剔透了，自然会省略许多多余的动作

铜　镜

我至今不曾拥有过一面铜镜，即使
一秒钟的拥有也不曾发生过
但这并不妨碍我喜欢她

铜镜也是两面的：一面或许写着磨难
像平常的日子；一面或许写着死亡
像最后的日子。我喜欢这样说只是我的事
不必与你相干。你可以怀疑我的情商
但你无法妨碍我的想象

我喜欢她，只因她会生锈
我最早想靠化学谋生，后来放弃了
我不愿意把生锈的事物打磨干净
尤其一面镜子

水银镜子与铜镜的差别——
水银的化学反应比铜快，且有毒

玻　璃

把你镶在窗户里是有原因的。不必担心弹弓
他还是个孩子
我会让世界留下一层窗户纸

即使麻纸全部换成玻璃，我也会让世界
留下一层窗户纸。只要活着
世界就需要一张脸皮；不管是红是白，是黑是灰
世界总会留下一层窗户纸

一张吸水性极好的，耐撕扯的，厚薄不均匀的
看得见秸秆的，怎么漂洗也不会更白的
写仿用过、披麻戴孝也用过的
不算透明的
麻纸

刀 柄

奇怪的是，握着刀柄的狐狸从来不想杀人
不握刀柄的落日，却一直在磨刀

杀人是一种病，与自杀同父异母
不必查看家谱，辉煌和关键词已被尘土覆盖

你拿走我的刀柄，就好比打开我的心脏
我看着你迎面走来，我看着你把刀举起

不要管我眨不眨眼睛，我心长满荒草
只是一个游戏，谁也没有想到刀柄会弯曲

了 断

干净的树像楼群一样裸着，楼群像天空一样裸着
打着补丁的日子缀满枯井的眼睛
丧钟悬挂明晨，不知谁来敲响，不知为谁而鸣
寒夜深处的篝火烤不熟一双萝卜样的手
何必记得是谁点燃了篝火，又是谁熄灭了篝火

路边早已落叶成堆。冬天
我该把它们付之一炬，还是任由黄土掩埋？

到自行了断的时候所有的事物都会自行了断
你没有必要拿落叶的问题刁难冬天

诗 歌

诗歌的灵魂和肉体都是孤独的，像从天而降的雪花
冰冷一瓣一瓣叠加，堆成灾难
诗歌是灾难的复活，在雪花的内心漫延

诗歌的声音悲凉如水。寂静藏在冰的下面
孤独的手指穿水而过
诗歌破冰而出。诗歌尖锐的喉管
是男人最雄性的器官
女人的身体被刺穿，爱情瓜熟蒂落
诗歌拒绝残喘，拒绝风尘，拒绝残枝败柳和十里烟花
诗歌是男人和女人的隐私
诗歌的每个毛孔，每次触摸，每次颤栗，每次巅峰
都真实得令人发抖！

诗歌是挣扎的爱情，不可复制
诗歌的声音如冰透明的光泽，映照着天堂

狼 吠

很久很久没有听到这种声音了——
狂野的喉管里发出的，尖锐过针尖、麦芒的
夹裹着泥石流的
流星一样呼啸着击碎所有岩石、流水和空气的
森林巨大的筛子也过滤不掉的声音

我喜欢这种声音——
粗粝得像一片片立着的刀刃，像刀刃上跳跃的火焰
像火焰的熔岩上舞蹈的白衣女妖
像风之上奔窜的雷电，超越自然、人、冥灵和法则
这种声音无法用分贝度量
她比黄更黄，比黑更黑，比尖更尖，比细更细
比清澈更清澈，比浑浊更浑浊
比残酷更残酷，比凄厉更凄厉
比孤独更孤独，比颤栗更颤栗
比最雄性的男人更勃起，比最雌性的女人更跌宕……

狼，站在山顶最高的岩石上，站在风浪最大的浪尖上
站在黑夜最黑的心脏深处
发出一声长长的狂吠——
狼，梦中的黑管，自由死去活来的情人！

稻草人

去年秋天，你收割了我全部的谷穗
此刻，你一边给我戴一顶破草帽
一边在我的身体里插上一只脚
我知道，我将在地边度过整个夏天

——哦，鹞子，是我惊吓了你
哦，自由自在的鹞子
我从来没有想过要惊吓你
我一直不想惊吓你
我为什么要惊吓你呢？

地垄上的老农像一个慈祥的父亲
他倒剪双手，巡视他的庄稼
他沟壑一样的皱纹多么朴实无华

我的前世早已在去秋死亡
今年的秋天与我毫不相干
秋收之后我会应声仆倒
秋干物燥，请不要点燃那把稻草

正午的蝉

事实基本可以确定：中年就是正午挂在树上的蝉
位于树的腰部，一个分叉的地方
位于时光的腰部，温暖而脆弱的地方

蓦然回首你会发现：半生的磨难
始于出生时的一次方向选择。人并非植物
为什么要去做向日葵，朝着太阳生长？

肉体的延展性是有限的。与牛相比，人不是最重的
与麻雀相比，人不是最轻的。可人偏偏选择了
最煎熬的方式，把身体挂起。大地如此之近
祖宗的祖宗只惦记进化，忘记留一条根在泥土里

从未如此寂静

藏身于栏杆的铁爪下，放逐于灯光的舌尖上
去秋的雨早已意兴阑珊。烟花升上
枝桠交叉的天空，这座园子从未如此寂静

黄昏罹患性冷感已多年，冬夜的小腿伶仃
你穿过园子灰暗的灯光，遇到的第一个人着白衣
你无法想象双乳寂寞下垂的样子
遇到的第二个人着灰衣，你无法想象
肩胛孤单瘦削的样子；遇到的第三个人着黑衣
你能否画出雪的孤独，冰的裸体？

双手插进鼓荡的外衣口袋，你与她们一一擦肩
不要在枯水季幻想水性杨花
植物这般安宁，被遗忘的园子从未如此寂静

寂静离死亡是最近的

它不可以丈量，至少，我现在还没有
找到一把合适的尺子；如果
你非要丈量，一定带一把卷尺来
只有卷尺适合它的形状

它比一条盘起来的蛇安静，蛇信子是火辣的
它比一只卧下去的乌龟安静，乌龟壳是反光的
它比后园的那座假山安静，假山下的泥土是松动的

它的静如蚕茧的白夜，离死亡的距离最近
秋天已经来了，秋天就要去了
我喜欢雪白的冬天——
要不寂静自行消亡，要不喧嚣被彻底埋葬

第四辑

从绿荷的掌心抽出隐忍的白

殇

这杯咖啡的名字叫殇。我只见过她的背影
见过她隐匿于曲线里的味道
我设想与她的邂逅应是午后，或者凌晨
这段时间是慵懒的，有点伤感
也有点深刻。就像她曲线流畅的背影
是婀娜的，也是凸凹的
就像杰奎琳·杜普蕾的大提琴曲
哀婉的旋律可以咳出一捧血来
也可以咳出一颗心来

我闻到了葡萄的酸涩，闻到了白葡萄酒的香气
闻到了咖啡的苦。我莫名地喜欢
这样的味道，就像喜欢殇这个汉字
喜欢这个汉字曲径通幽的韵律
她仿佛女子高挑的背影，清晰的线条上
挂满葡萄，也挂满露珠

我知道，她的味道远比音符饱满
也远比光影摇曳。我想
她如果可以筑成一个鸟窝

我愿意在这里住一辈子，做一只小鸟
可我只见过她的背影
至今仍未尝到她介于午后和凌晨之间
黄昏一样弥漫的味道

慢

我试图让性格慢下来，试图把说话的语气
变得像乡村民谣；我试图
让语气慢下来，试图把心跳的节奏
变成季节的更迭；我试图
让心跳慢下来，试图把嘶哑的良心
掰成一粒一粒的玉米……
金黄的风吹皱故乡的山坡
我无论走得多么慢
我出生的那座房子都在离我远去

我试图让道路慢下来，试图让纸鸢的翅膀
一直挂在树梢；我试图
让流浪慢下来，试图让磨破的鞋子
不沾染一丝黄土；我试图
让风景慢下来，让音乐慢下来
让杰奎琳·杜普蕾和久石让
住在一把大提琴里，变成一生的邻居……
生与死像对恋人忧郁了生活的背影
我的脚步无论多么沉重
时光都不肯耗尽的钟表那样随时停摆

我试图让诗歌慢下来，试图让文字慢下来
善良却一直无法慢下来
我的天性像一座钟表，时针和分针
交替行进，我被扎碾得通体透明

镜

站在镜子里的，不一定是过去
那个人很悠闲，有时间想很多的事物
有时间把心脏和头颅填充得满满的
秋天的鹞子，时间的稻草
那个人在暗处写诗，写时光里的
孤独，寂寞，还有影子或血

站在镜子里的那个人是休闲的
镜子外面的日子蚂蚁一样匆匆爬过
日子忙忙碌碌，抽空了心思
日子像一台跑步机：一个人填饱肚子
一个人耗空肚子，粮食终归
都被下蛋的鸡啄去

忙碌的日子是空的，虽无关诗歌
但有关粮食。做一个空着的人很好
过一天空着的日子很好
守着一只空空的酒杯写一首诗很好
一只酒杯装满粮食：如果秋天不发酵
雨水就会发酵；如果雨水不发酵

诗歌就会发酵；把自己当成一面镜子
既看不到正面，也看不到反面
遮光的水银，总有一天也会发酵

空

蝉鸣不是空。蛇蜕不是空
山谷的回声不是空
午后的街头，少妇裙摆下的饥饿不是空
光、灰尘和欲望飞流直下
鳄鱼的皮囊不是空
我站在无聊的人群中间，无所事事
我的目光散淡，世界空空如也
自由如此琐碎，鸡毛飞了一地
大藏而不露，小暴露无遗

词，或者刺

手术刀一样的词，刺入静穆的时光和活着的尸体
冷，却看不见血

你倒在血的中央，安静看着鲜红一点一点凝固
继而，又开放成一瓣一瓣的花朵

这些花朵已经看不到刺。那些刺倒插在你的心口
光鲜的外表垂涎欲滴

季，或者祭

在三月，冬日的忧伤转瞬投胎为桃花
断臂的季节，旷野里被雷电击倒的胡杨
雪屑蒙尘的孤独

有一对狼的脚踪也好啊！
一只乌鸦落在对面山坡，落在光秃的山楂树上
几枚干枝，一片黑羽，这样的风景也很奢侈

乌鸦，乌鸦，给我唱支歌好吗？
一年的等待点滴渗进泥土
四月的梨花，七月的菊，还有十月的霜

我还会踏雪寻梅而来
为一点红中之白把自己修炼成一个伤口

惊，或者镜

惊蛰才应该是春天出生的日子。惊蛰的前夜
雪突然阵雨一样光临这座城市
狂风折断路边的电线杆，无辜的孩子胎死黑暗中

雪在水中消亡，此刻你会想起什么？精子的格杀
还是伤口的惊跳？点燃红烛对着镜子说说话吧
末日距离今夜一步之遥，风行走在雨雪的夹缝

镜子说，去爱一只猫，爱一个女人，爱她的九条命吧！
既然无力穿越命运之神神秘的后园
就去做山坡微不足道的草，任野火怎么烧都烧不尽

莲，或者怜

莲，你为什么总在污泥中证明自己一世的纯洁？
为什么总从绿荷的掌心抽出隐忍的白？
为什么总为善良的影子搭起花蕊的蓬台？

莲，我一池的怜悯低过你的腰身
月色的荷塘深了浅，一只蜻蜓停在上面
莲，我无法面对你无邪的脸
你的笑意盈不满一只浅浅的酒窝
我的心底早已遍植黄连

桃，或者逃

你无路可逃，在三月
一朵桃花挡住你的去路

你站在山顶眺望很久，你的心思
云知道，风知道，山腰的悬崖也知道
总该有一条路通向山底那条河吧？
在冬天，荆棘的刺
会不会像老人的牙齿脱落干净？

春暖花开时你准备动身
一朵桃花挡住你的去路
你返回山顶
正好错过长成一棵树的季节

梨，或者离

我一直在想象离别该是什么样的颜色
想来想去，满眼都是洁白的梨花
那一年，我在院子里种下一株梨树
梨花未开的时节我离开村庄

之后，我一直在远方等待突如一夜的春风
可城市的春天总蛰伏在水泥的下面
我躲在梦中排练千树万树梨花开的剧情
一朵梨花足以演绎一场离别的白
一生的凋零只比一树的梨花少一次

落，或者裸

并非任何季节、任何地方都可以落地生根
裸露的冬季，裸露的岩石
总有某个时间、某个地方不适合种子

种子也会死亡。死亡的种子没有根
没有须，更没有茎
死亡的种子睡在裸露的岩石上

种子活着。种子在泥土里扎下根
在湿润的季节扎下根
种子越深入，根部越赤裸

落地或生根，种子是赤裸的
种子的种子也是赤裸的
生或死，镜子的两面都是赤裸的

铜，或者痛

痛有着水一样的形态——
长到一根发丝，怎么吹都吹不断
宽到一条河道，季风窒息，积水增多

痛有着桶一样的形状——
圆柱形的，直径从左心房到右心房
高度从脚趾到发梢

我想用陈旧的铜皮为痛打造一条船
痛却变成一只瓷瓶，消瘦的腰
挽也挽不住的浮萍

我想用陈旧的铜皮为痛打造一副护手
痛已皲裂。一道无形的疤痕
既不会愈合，也不会流血

痛来临的时候，要学会自己折磨自己
痛从眼睛灌入体内
这些液体秉承着酒的特性，却不再燃烧

巷，或者像

我与五月在一个小巷邂逅，她的脸
一半红，一半白。我没有留意
这张脸与别的月份有什么不同
她与我擦肩而过，我看见她的背影
比白杨挺拔，比垂柳婀娜

她突然回首，暖暖的风猝不及防
我想画出她的脸，却意外发现
她的左脸写着恨，右脸写着爱
沿着鼻梁笔挺的中轴线
上半部分写着无，下半部分写着奈

我在这张画像的左边描上一朵桃花
右边描上一朵杏花，中间砌起一座
菊花台。这张画像从此挂在巷口
桃花停，杏花行，菊花等一等
就这样，五月在这条小巷走完一生

尘，或者谶

词语如浮尘，我一语成谶
我想放慢脚步
却已陷落词语的漩涡

我爬到树上伸手摘一枚树叶
黄昏像露珠一样
从我的左肩忧伤地滑落

我弯腰在地上捡起一枚落叶
我残败，但我不孤独
我凋零，但我还活着

我行走的词语多像这片小树林
树上和树下的叶子
究竟哪个更能打动我？

恶，或者饿

树木的伟岸是饥饿的
水草的碧绿是饥饿的
名誉的饕餮是饥饿的
铜钱的贪婪是饥饿的
男人的勃起是饥饿的
女人的低吟是饥饿的
出生的啼哭是饥饿的
衰老的皱纹是饥饿的
疾病是饥饿的
死亡更是饥饿的

恶，总是饥饿的——
饥饿的花
远比罂粟更妖冶

水，或者黄昏

水，或者黄昏。我在抚摸这两个词汇的时候
突然遭遇风暴的偷袭。黄昏的边缘
夜的牙齿间隙，一条黑色的狗目无行人

我也可以把风当作一条黄色的狗
有着黄昏一样的颜色，黄昏一样的毛皮
或许，也有着黄昏一样的温柔
在另一双脚的面前

还是把每一个日子都当作一滴水吧
当然，当作一条河也未尝不可
但我不喜欢汪洋，不喜欢无节制的泛滥
柔软的，或坚硬的，都会磕疼日子的关节

但我的确喜欢水流动的样子，像风一样
像柳丝一样，像女子的长发一样
黄昏坐在岸边，这样的风景一定很迷人

黄昏其实是水做的。天边的水
有着眼眸一样的清澈，有着酒窝一样的形状

一只瓷碗里满是向日葵的倒影
鸟们把翅膀歇在河边，把鸣声藏在天上

水也是黄昏做的。蚕丝一样从天空吐出来
一丝一缕，一点一滴
水的骨头，蚕的茧，黄昏泪的眼

如果一生坐在水边该有多好
看关关雎鸠的诗句铺排出一个大黄昏
一只鹞子风一样扶摇而上，河总有流不动的时候

水，或者岩石

水从岩石的指缝间流出，岩石浸泡着水的乳汁
如果我说水是岩石的女人，你信不？
如果我说岩石不一定是水的男人，你反对不？

不管是水滋养了岩石，还是岩石难产了水
不管是水比岩石更坚硬，还是岩石比水更柔软
水上的石舟总归是载不动时光或愁的

一只脚不可能同时踏进两条河流，两只脚呢？
一只脚可以踩两只船，半只脚呢？
人说覆水难收，滚落的岩石找不到回家的路

水，或者岩石；树，或者藤；鸡，或者蛋
扯不清的前世与今生，时间的水，岩石的碱
男人与女人野草一样斩不尽的情爱啊！

花朵，或开放

你的精彩一如你的短暂，命定的劫数无须质疑
你携带最绚丽的色彩来
这个事实种子不知道，蜜蜂却一清二楚

我只关心你打开的姿势。我知道你的呼吸是隐秘的
你的味道是隐秘的，甚至你的色彩
也是隐秘的。阳光和风迷恋上你的隐秘
我最关心的，还是你打开的姿势

这姿势是隐秘气息的混合体，贯穿花蕾、花苞和花朵
花粉对果实的诱惑是无辜的，好像人体翼然打开
花蕊的柔弱最是眩目，一片花瓣等待一枚刺
在夜里，我能听到你的呼吸、味道和色彩
听到胚胎结为种子的哭泣。看啊！一朵花姹紫嫣红
她打开的刹那，便已准备好枯萎和飘零

我关心你打开的姿势，是因为我一直在
为你精心准备零落之后的眠床
跟着我来吧，花儿，这儿的泥土多么松软

果实，或坠落

青了。红了。被虫子咬了。我坐在秋天的边缘
目睹果实熟透了，腐烂了，坠落的过程
自由完成。无须刻意，无法回避
悲悯在这一刻无能为力

从春到夏一直这样发生着，一年又一年
不只限于秋天。从秋天的这端
走到秋天的那端，我曾以生命丈量种子
这样的故事不只限于秋天

不要回头看那些花，不要抬头看那些叶子
不要阻拦那只鸟从空旷中飞过
某时某地，该发生的必定发生
无须刻意，无法回避，悲悯不能解决所有问题

第五辑 越淡越痛的哀伤

手 鼓

曾经十分迷恋死亡这个词汇。这两个方块字
曾经被诗人们反复把玩，像两块鹅卵石
光滑，沉静，闪烁着神秘光泽

而此刻，当死亡以暴动的方式与我们面面相觑时
我们却只能去抚摸一面手鼓，让一面手鼓
与我们生死相伴——
把痛缝在被击打过一千次的兽皮下面
让痛炸裂为鼓中心空气一样流动的碎片
让手抚摸或者敲击这面鼓，看能长出怎样的老茧
看时间和我们怎样把这些老茧打磨出光亮
就像这面鼓尖锐的喊叫
这喊叫在我们的心底刻出一道沟壑
沟壑里的水开始结冰，沟沿上的泥土落满草籽

我们细心守护这些草籽，守护草籽深刻的裂纹
每年的春天，每年的五月
我们都必须去抚摸那些越淡越痛的哀伤
那些哀伤卡在五月的心口
惊鹿的五月奔跑在伤口的锋刃上
格外敬畏每一粒草籽

清 明

"我不惧怕死亡，我担心你活着的日子……"
优雅的台词像老电影一样经久弥新
你反反复复说着，天空就下雨了

谷雨之后，霜叹息一样寂灭，雨谷子一样发芽
明媚的春天里，我们多么想回到清明
回到清明前一天的山上啊！
烧荒的人播种了一山坡的眼泪，溪流奔向洼地
友谊、苦难、死亡离怀念越来越遥远
只有爱情还是那样洁白……

"除了一个女子义无返顾的诀别，你不要相信
所有和你一起哭泣的人，不要相信善良和感动……"
你左手攥紧右手，世上所有的皱纹加起来
也没有爱情沉重
一个女子的眼泪可以在一棵树上凿出一个洞
可以哭倒一座长城
一个女子的爱情远比一条河流宽广

倾斜的夜空，漂泊与雨季轻扬，泥泞直达天穹
男人的眼泪竟显得那样虚伪
——"我没有欲望，所以我是多么强大！"

感 恩

有一个词像红红的辣椒，让我心痛
她挂在屋檐下的时候，像火
粉碎在钵子里的时候，像药
看到这个词，我就止不住流泪
看到这个词，我就想起寒夜里的火锅
在这个寻常的日子，我只想为这个词
添加一块木炭，添加一寸惦念
我相信，一块木头可以点燃一个夜晚
一寸惦念可以温暖一个冬天

我不明白这个词为什么要变成一个节日
在我的词汇里，感恩
只是一串连缀感动和磨难的日子
一串无字且伤感的日子。节日终要过去
日子仍在继续，在这个词的面前
我宁愿放弃所有的文字
在这个词的面前，我只能泪流满面

牙 疼

我把牙疼当作一次怀念，亲人齿间留香
每牙疼一次便思念一次
每牙疼一次便流泪一次
咬牙切齿的思念，直刺肺腑的痛

每一颗或白或黄的牙齿都是一个牵肠挂肚的亲人
就像牙齿上的釉质
每一颗或白或黄的牙齿都是一粒粮食
都是一粒谷子或玉米
亲人啊！您从我错落的齿间穿越
您从我坚硬的骨质里穿越
您从我既坚硬又摇动的细碎碑文中穿越
我每咀嚼一次，就颤抖一次
我每咀嚼一次，就抽泣一次

当我老了，当我的牙齿一颗一颗脱落
我的歌子会像您的咽喉一样喑哑吗？
痛彻骨髓的亲人，隐身背影里的亲人
我每咀嚼一寸时光，就思念一次
我每咀嚼一次苦难，就温暖一次

我每咀嚼一次每年的今日，就亲近您一次
十指连心的亲人啊，秋天的霜冰凉
行走在微茫的晨曦里，您可记得添加衣裳？

线 条

看过，听过，嗅过，触过……微笑轻轻咬我一口
我在左臂种下牛痘
哭泣牙关紧闭，我看见一块淡青的鹅卵石
正一下一下抵着你的心痛
看见一株荷花在你的心口倒卧成伞，泪珠沉积如沙

你说，世界就是一个人体，就是一堆线条
笔直或弯曲，坚硬或柔软，光滑或粗糙
每个线条上都结着花蕾一样的伤疤
每个伤疤里都隐藏着骨节一样的暗疾

你说，病毒以复制的方式交媾
日子以复制的方式重叠
年轻的肉体以复制的方式无形地消瘦
你说，痛苦以微笑的方式复制
死亡以活着的方式复制
线条以路径的方式隐没草丛——
明的，暗的；深的，浅的；远的，近的

手术刀的锋刃切不断死亡的脖子

复制或删除一如微笑或哭泣
每条路径的入口都隐藏着一组遗传密码
真实的生命表情无法呈现真实的生活动作

轮 回

曾经把生死当作两块石头把玩
左手一块，右手一块
曾经把生死插在上衣口袋炫耀
左边一朵，右边一朵

其实，生与死是连体的
就像哭与笑是连体的，爱与恨是连体的
男人与女人是连体的
男人与女人的情债不是算术
男人欠女人一辈子，女人欠男人一辈子
男人与女人各执一张欠条，却无法抵消

生与死也是一辈子又一辈子轮回的债
无法用秤分出轻重，无法用尺子丈量远近
生与死，折磨生活的两只轮子
低于云端的缝隙，高于地表的皱纹

喧 嚣

热闹是他们的。你在黄昏的断桥上寂然转身
夜色先你一步落入水中。水是你喜欢的词
你何尝不想汇入喧嚣的人流啊
在肩与肩之间，手与手之间，甚至腋窝之下
你还能找到呼吸的空隙吗？

鼻翼下的街道是他们的，眼睫上的楼房是他们的
家像一幅幅扁平的表情，切割如仞
明亮的灯光和吵闹也是他们的
你穿过城市中央，侧影像一只贫血的风筝
你双手握在心口，感觉心脏开始生长牙齿
——牙疼的感觉真好！
剔透的牙齿一点一点深入心脏的感觉真好！
停留像斜倚的桥墩，有青蛙跳水，有蜻蜓滑翔
阳光的坠落比水还轻，谁还记得当年的弧线？
夜晚的薄膜之上，荷叶出水的声响柔弱如针
夜色落入水中的角度，很浅，很浅

这一刻
你更喜欢牙疼的感觉，喜欢牙齿深入心脏的感觉

就像孤独与寂寞的交媾

就像桥墩没入深水，插入泥土，透彻而尖锐

你把双腿垂挂桥下——

你一生躲藏，无非是想用一滴鲜血染红一条河流

孤 独

孤独的背影：线条从肩胛落至腰际
从丰臀细至脚踝；光滑的峰峦
平淡的地平线；揪心的深，心悸的远

孤独的眉黛：夜半的烟悬浮于手指之间
萤火掠过，山门咿呀
八十岁的小童淡泊在一抹月色深处
进，找不到我；退，找不到我
一支拐杖简化了倒伏的轮廓
一帆倒影模仿了兀立的苍茫

孤独的抚摸：我是我的伤，我的手语
我摩挲一头纤细的发丝，瀑布悬挂
我发现一个接一个分叉的断点

孤独的转身：眼泪在白夜漂洗百年根须
伤痛给自己，快乐给别人
孤独长成一种习惯，长成睡眠的姿势
头低过胸部，腿弯曲成杯
孤独的婴儿有粉红的身体，有粉红的嘴唇

有粉红的微笑和啼哭

孤独的标签美丽得不忍卒读
眼角的鱼尾纹
从来暗示不了什么，却又暗示着什么

回　廊

黑夜的脸最黑，也最白。相望的眼眸皎洁
回廊上的云能否漫成一座浮桥？
一个人牵另一个人的手如梦而过
这样的夜晚，蛙鸣挂上树梢，风声收紧枝条
树叶的窸窣就像一滴露珠
一只蜻蜓卧在一片荷叶上，月光轻轻一跳
收藏的镜子碎了……

命运的脸最黑，也最白。相牵的手如浮桥
渡也渡不过去的是今生，沉也沉不下去的是来世
昨夜的时光没有背影，黎明的裂缝飘满碎片
这样的夜晚，背影走在桥上，倒影投在桥下
不去说爱，不去说恨，不去说愧或悔
不管浮桥之上的超脱，不管浮桥之下的坠落
不管浮桥中间的心脏是否摇摆

从一盏灯到一盏灯
从一线光到一线光，从一张脸到一张脸
昏黄与黑的锐角之间
黑白的长廊悄然滑落，月亮一笑而过

镜 像

站在镜子的面前，从前像水一样
流过身体的曲线。多想
穿过起伏的草地，拾起少年

峰起的双乳像两只坚硬的拳头
幻想把空气攥成一把碎片
泪，慢慢淬着锋刃的脸

一声叹息，长发从头顶根须般飘落
妄想一缕青丝就是一声鸟鸣
泪珠一样滑过瘦削的肩

枕肩而眠，一夜一夜痛的骨刺
不断拼接一面恨的镜子
正面或反面，都写着从前

幻　觉

旋转。旋转。再旋转。黑色的曲线
陀螺般的女子，光影顺时或逆时
方向的箭镞纷纷陷落
背景优雅地模糊

盯着一个舞姿
仿佛盯着钟表里的秒针，嘀嘀嗒嗒
仿佛盯着瀑布上的水珠，闪闪烁烁
一团黑色拔地而起，风暴中的影像摇曳
视觉一半真实，一半虚幻

紧身至接近裸体，欲望的另一幅景象面前
眩晕的岂止视觉，迷失的岂止魂灵
美丽并非丰盈的奶汁，乳峰凹凸之间
身体的线条风生水起，有人在角落窥视
身体的线条无论顺时或逆时
无论起点或终点，妖娆的影子
都追随着线条的轮廓，有人窥视

顺时之舞或逆时之姿

究竟哪一个是主角？哪一个是看客？

哪一个最性感？哪一个最销魂？

目光盯久了，任何一个部位都会感到灼痛

分　割

情爱是一道纯粹的山坡，阳光、水、泥土和风
像夜色一样干净。阳光一贫如洗
空气是难以触摸的时间，云是具体的虚无
爱与恨站在光线与阴影之间
物体被切割，左脸与右脸一半暖一半凉
明暗错落的温差如悬崖，水流跌落的方式剔透
光线分割阴影的方式清晰如植物的茎
以插入的方式显现经度和纬度

水追随地势起伏，水的行止自然，朴素，贴切，流畅
水的痕迹渗透在泥土里，像情人们埋藏的秘密
像情人们忧伤的皱纹；水的痕迹是湿漉的
阳光和岁月无法把她蒸干；水的痕迹是种子
渗透到泥土里就会发芽，生根，抽枝
长成树的形状。树叫什么名字并不重要
树长在什么季节也不重要
最重要的是，树具有拔地而起的繁衍能力

切开泥土，每个深度、每个宽度和每个截面上
都记载着情爱的往事，就像大地上的植物

就像绵延不断的森林，既空旷，又茂密
风以各种姿势穿过森林，记忆遥不可及
阳光居高临下，潜伏或者行走，徐缓或者狂疾
风的方向是东南西北的方向
风的温度是春夏秋冬的温度
天空越来越远，大地越来越近
时间和空间和阳光和泥土和水和树都是风的规则

桃 花

泣血的桃花总开在三月，总开在细雨的山坡
时光短暂如崖边水珠，红起抑或红落
谁家的女子还在唱着痴痴的歌谣？

"桃花来你就红来，杏花来你就白"
断肠的桃花词，纷纷扬扬的春雨
从北到南，从夭夭的《诗经》到蓑衣的陶潜
从缠绵的昆曲到二黄的慢板
桃花古典的曲牌飘摇在狂放的民风里
总是猩红一点，咳血一点，哀愁一点

白衣的男子徘徊树下，想起葬花的女子
白衣的男子仰望杏花，满树错落的白
画满 1699 年忧伤的扇面
隔墙之外，路上的行人该笑还笑，该哭还哭？
山坡之上，开放抑或凋零，开始抑或结局
都只不过过往的春风
三月抑或四月，都只不过十二个月份之一
季节对表情的冷暖早已习以为常

谶 语

只是一个预兆，一个病毒的终生携带者
潜伏期有多长？
从不痛开始，到很痛爆发
病毒传播的季节是恋爱的季节

爱是一个词构成的最简单的谶语
有最隐忍的潜伏方式和最复杂的变异轨迹
从眼睛第一次打开，到眼睛最后一次闭合
她就一直植在体内，成为生命的氧、生命的毒

她是粉红的，或鲜艳如水，或残酷如血
她长如彩虹，贯穿于天地之间
眼睛开合的刹那，折磨无法再少，无法更多
一个字，一条悬挂于两点间的消瘦绳子

那条绳子！那独木的桥梁、摇晃的桥梁！
不要企图临摹影子，不要企图抓住弧线
影子一千次静止就会有一千零一种摆动
弧线一千次斩断就会有一千零一种续接

你或我、你们或我们唯一可以做的——
小的时候，把她唱成儿歌
老的时候，把她制成箴言
青年或中年的时候，让这潜入心脏的病毒
拒绝睡眠，疯狂发作
坚信一字成谶，甘于万劫不复！

十一月

只是年轮里的一个寻常刻度
和其他十一个月份相比
并无特别之处

那年的十一月我遇见了你
这年的十一月你离开了我

长度和温度
丈量空间的两个刻度
就像相聚和分手

白昼和夜晚
丈量时间的两个刻度
就像快乐和悲伤

那年的十一月在零上
这年的十一月在零下

命运的差别并不大

零上，或者零下
雨，或者雪

还有冰

五月的背影

悬挂天空或浮于地面，五月的背影都宛若
一个女子，宛若一条水的曲线
一条泥土亲吻的河流

五月，阳光比四月深，比六月浅
五月，阳光行走在水边，眩晕的波纹次第开放
花蕊的眼泪像乳房，幸福娇艳欲滴
五月的阳光剔透了背影的秘密，碎片或曲线
都是时间的隐私，被忧伤精心打磨
沉默成为一种姿势，光滑成为一种暗语

五月，背影是阳光的裸体
头埋在胸部，手挂在颈部，阳光照在背上
爱情行走在忧伤的碎片上
五月放任阳光抚摸这条曲线
抚摸这个女子
放任亲吻比四月更缠绵，比六月更湿漉

巉岩上的白花

生于巉岩，我们的花夹在四月与六月之间
嶙峋，慵懒。不知名的白花
峡谷悬于半空的微笑，细弱，伶仃

抬头仰望，阳光静静滑过崖壁，垂直泻地
声音剔透，玲珑。悬崖逆光壁立而上
寂寞与恐惧草一样生生不息
垂首俯视，河流穿越峡谷跌宕而下
谷底深不可测，峡谷的来路幽深，去路曲折
偶尔有鸟鸣断线的风筝一样掠过空中

白色的花随遇而安
白色的花生于眩晕的缝隙，半睡半醒
开放的日子只需一抔土的营养
睡眠的季节只需几株草的陪伴
白色的花不管睡着醒着，眼中的伤痕都无法消弭
一生摇曳于裂缝之中
岌岌可危的生存方式仿佛命中注定

风、雨、光线和时光擦肩而过
白色的花凝视着一只鸟儿巨大的影子
在四月与六月之间晃来晃去

皱纹里的麦子

出生便已中年。正午时分，我们的皱纹里
倒伏着一拢麦子，倒伏着
一拢没有麦芒的麦子

金黄是那样沉重，姿势镰刀一样弯曲
优雅如盛满雨水的玉米叶子
我们行走在正午时分，行走在早熟的田野
朝露不曾滚落，已经看见熟透的黄昏
已经看见黄昏背后孤单的黑
把帽子脱去，外衣脱去，鞋和袜子脱去
正午时分，我们就要学会与夜色一起放手

正午是最重的时光，也是最轻的时光
是最真实的时光，也是最虚幻的时光
正午就像爱情，就像男人和女人的混合体
就像性与情的混合体
谁能把最需要的部分麦粒一样剥离？

仰望阳光和灵魂与抚摸夜色和肉体

一样具体，一样无法抗拒
我们是正午成熟的阳光
是没有麦芒的麦子，很早便学会了默默承受

深夜的花蕊

深夜，花蕊悄然打开，怒放的姿势让人落泪
露水隐秘而深沉，叶茎潜入泥土
夜色怦然心动。花蕊悄然打开
如水的声音从花的根部慢慢导入花的经脉

让花长成树吧！
流放的季节已经教会奔放，教会无所顾忌
剥去层层的叶片，打碎石砌的花池
让花长成树吧！
根尽可能地深，茎尽可能地高
叶尽可能地招展，摇曳尽可能地疯狂
让花长成树吧！
庄子一样梦蝶的树，蝶一样飞翔的树
让树在高空中飞翔，让飞翔在自由中眩晕
让眩晕捕获每一个男人和女人
让男人和女人的秘密阳光一样无遮无拦
让无遮无拦的阳光把暧昧的夜色彻底击为齑粉
……

深夜，花蕊打开如水，疯狂行走如水
叶茎插入泥土，灵魂潜入肉体
花朵怒放的姿势比幸福更奔放，更眩晕

易碎的镜子

寂寞是生活里最常见的场景：一个人走进公园
走向树下的长椅。秋天，下午五点钟
阳光从肩头滑落，时光是一面易碎的镜子
落叶金黄，寂寞捡拾哪一片都会痛

往事高得像一堵墙，忧伤厚得像一块砖
风景迤逦远去。墙那边是往事
墙那边的那边还是层层叠叠的往事
忧伤像山顶上风雨打磨的石头

独坐长椅，寂寞沉静得似秋天，秋天沉静得似湖
一缕秋风拂脚吹过，一枚树叶擦肩飘过
风平静得不可思议，阳光平静得不可思议
感觉像一块冰，冰的下面空空荡荡
时光像一掬空气，空气的上面空空荡荡
寂寞的公园，树与树平行，花与草重叠
道路与道路错落有致

下午五点钟的湖会是夜晚幽深的眼泪吗？
寂寞说，思念很痛，痛到麻木
寂寞说，忘却很美，像一个谎言……

迷茫的味道

寻觅总是冷清的。爱情的版图
一半刻在女人的右手，一半刻在男人的左手
纹路之上，荆棘丛生
纹路之下，泥土经年累月地肥沃

两只手同时抚摸一只黑色陶罐
两只手，不管细腻还是粗糙，不管冷静还是颤栗
深深浅浅的手纹中已暗藏了陶罐的图形与隐私
陶罐不只储藏粮食，不只陈列艺术
陶罐里的水一半酝酿酒精，一半珍藏眼泪
水收敛在陶罐里的曲线夜色一样柔美
水在心中藏着一盏酒精灯
蓝色的火焰最美丽，最炽烈，也最残忍

空气中弥漫着迷茫的味道，夜色无声渗透
水一样彻底。行走在爱情的版图
选择零度或者沸点都是冒险
零度可以等于水，等于冰，可以水冰交融
沸点无法抵达，纯粹不可企及
凝固或蒸发，忘却或疯狂
时光凹凸的硬币非此即彼，结局却不曾黑白分明

时光的茧

时光是断续的水，是散落河床的鹅卵石
真实的时光是间断的，可触摸的
像从往事里切割出的年轮，纹路清晰

真实的时光是不完整的，是一寸一寸连缀起来的
是一圈一圈刻在树的身体里的
打开时光的皱纹，往事沉淀如一条虬结的根
有的粗，有的细，有的深，有的浅
行走在时光的岸边，摇摆的植物并非都是风景
欣赏与己有关的，收藏自己喜欢的
断断续续的最真实，剪辑过的最值得珍惜

寻找是旅途，等待也是旅途。爱情是时光打磨的茧
藏在男人的脚底，攥在女人的手心
时光间断如流水，寻找与等待把一个又一个的茧
串成最结实的项链
一半戴上男人的颈项，一半戴上女人的颈项
男人与女人被爱情击中
一辈子都会被茧做的项链套牢

温暖的秘密

日子该是什么样子呢？窗外的秋天很温暖
秋天里翻晒的谷穗很温暖
玉米灿烂在秋阳里的微笑很温暖

秋天的深处埋着一坛老酒吗？落寞很温暖
水在悬崖上的行走独一无二
流动或跌落很温暖
一池水消失了，一粒粮食发酵了
坐在老酒的旁边，经年的香气很温暖

坐在秋阳里回忆往事，爱与被爱像两只酒杯
像两只拴在一条绳子上的蚂蚱
挣扎与逃生，失败与痛苦，放弃与怯懦
很温暖。阳光稀疏
最易碎和最结实的感情很温暖

守着这唯一的财富吧！
水在岩石上凿出美丽的图案，光影波动
秘密老酒一样雪藏
咀嚼很温暖

第六辑　面对雪耀眼的白忧心忡忡

活成一棵树

活成一棵彻底的树吧！让风把树叶吹掉
让斧子把树枝砍掉
活成一棵光溜溜的树吧！把自己的两只手
变成两把锉刀，逢单日左手出工
逢双日右手劳作

每天锉掉一公分，不紧不慢，左右交替
每天锉短一公分，从高空锉到半空
从半空锉到地面，不紧不慢，单双更迭
每天锉瘦一公分，从粗壮锉到细弱
从细弱锉到碎屑

做一个木匠很好，做自己的木匠很好
木屑零落成泥，树身纠结成根
复杂的事物需要简单的过程

河岸的树

如果以一棵树的姿势探望天空，该有怎样的高度？
一棵头发落尽的树，一棵肢体干净的树
一棵耄耋的树

这棵树长在一条河的北岸，一座山的东坡
一个叫东坡的人曾醉卧树下，把酒中秋
故去的东坡不想女人只想兄弟，此去经年
衰老的月光依然艾草一样摇曳着一个圆圆的日子
桂花树下的杯子圆圆的，藏着一滴隔夜的清酒

十五的月亮离十六的宫阙还有半个时辰
老了的东坡只想兄弟不想姐妹
东坡老了的亲情野草一样漫过东坡
东坡老了的亲情河流一样拍击北岸
一棵树以倒立的姿势站在月光里，倒挂水底
哦，老了的东坡，倾斜的东坡
沉在一首词里的东坡，落在一杯酒里的东坡
——"它已死去多年，而河流，仍在不断涌动"

树中央的花瓣

渴望变成一朵纯黑色的花瓣，吸尽太阳全部的色彩
渴望与斑斓的色彩一起燃烧，变成一片灰烬
渴望在这些灰烬里分不出什么是暖，什么是冷
什么是红，什么是橙，什么是黄绿青蓝紫
渴望着一袭纯黑的风衣，站在花蕊之上——
比妖娆的黑牡丹更纯粹，比绰约的墨菊更彻底
拒绝昆虫嗡嘤的骚扰，任由自己慢慢枯萎

渴望变成一朵纯黑色的花瓣，站在树的中央——
为什么眺望不停留在屋脊上
却悬挂在鸟窝边欲落不落的温暖里？
为什么眺望不徘徊在告别的长亭
却陷落在似曾相识又未及迷离的眼眸里？
为什么眺望不穿透黑夜
却纠缠在枝梢头缓缓降落的光照里？
为什么眺望不蛰伏在一片黑上
目睹我一半冷一半热的身躯切割白昼之间的黄昏？

我是一朵纯黑色的花瓣，开放在树的中央
我是一朵纯黑色的花瓣，在黑色的词语间自焚

平原上的太阳

立春的前一日。下午四点。冀东平原
太阳从西边俯视我,很远很近
我望着太阳,感觉明亮但不热烈
冰凉但不彻骨。路边的杨树空旷得苗条
冬季寂寥,树上鸦窝摆动
不剔透,也不玲珑

树上没有一片叶子,只有鸦窝摆动
我盯着空旷的树,发现鸦窝或两个或三个出现
好像乌鸦也需要邻居
或许,两三个鸦窝就是一个部落
就是村庄疏密有致的点缀

傍晚。车向着太阳飞奔,像一朵向日葵
我看见树木稀疏的地方,太阳悬浮着
树木密集的地方,太阳急速下坠
太阳下坠的速度很快,我担心她会掉在地上
像一颗破壳的鸟蛋。道路转向正西
太阳移到车窗上方
一团锗红的颜色在水面或隐或现

偶尔偏向车南，偶尔偏向车北

终于驶出冀东平原。我看见西边出现很大的雾
我的家乡在雾的那边
太阳突然隐没在那片雾里，无声无息
太阳隐没的那一刻，层叠的山峦没有出现
太阳隐没的那一刻，夜色欲来未来
路边的树上已看不到乌鸦
也看不到乌鸦歌唱过的村庄

堤岸上

堤岸上的柳树绿了
清明后的第三个早晨，我路过堤岸的时候
看到单薄的绿像一件风衣披在树身上
其实，这件风衣清明那日就披上了
我迟钝，在这个早晨才偶然发现

岸边的路是单行的，南岸向东，北岸向西
河道里的水也是单行的
我沿着堤岸的北岸上班，南岸下班
堤岸上的路很久以来就是单行的
河道里由东向西单行的水
很早就是干的

河道已经干了很多年了
在岸上的路实行单行线之前，河道就干了
河道干了，河道还在
干涸的河道只为证明一个真相——
这个城市曾经是有过河的

想起黄鹂

突然想起黄鹂，想起光线里的弧线
想起箭
想起一箭穿心的情爱

杜甫句绝情不绝
杜甫说，两个黄鹂在翠柳间含情，一雌一雄
两个黄鹂在柳枝上鸣春，一雌一雄
失恋的白鹭兀自逃上青天
一行白影封锁了一个寒冬……

我的故乡没有白鹭，青天时常被乌鸦占领
我的村庄坐北朝南，南山初春的背阴坡里
残存着一洼失去光泽的积雪
坡底的河很小，一块冰足以覆盖一个冬天
村旁的河也很小，只泊得下一只小小的纸船

我旱地的村庄只立着拴马的树桩。没有渡船
没有湿漉漉的摇橹声
南山坡的积雪无法润滑夏天吱呀的门轴
村庄的门洞开

灰麻雀低飞在屋檐下，黑燕子鸣叫在房梁上
穿过柳树的黄鹂像一支孤单的箭

"两个黄鹂鸣翠柳，一行白鹭上青天"
那是杜甫的西窗往事，碾盘
在院子一隅经年沉默
咿咿呀呀的乡村不说情爱

厄 运

猫头鹰在屋脊上笑时，厄运就来了
猫头鹰在屋脊上哭时，厄运就来了
昼伏夜出的猫头鹰
笑也是哭，哭也是笑
厄运说来就来了

一只猫头鹰骑上屋脊，天就黑下来
一只猫头鹰扇一扇翅膀
巨大的夜就铺天盖地地黑下来
这无涯的黑远远密集过
成群的乌鸦
更大的夜没头没脑地倾倒下来

猫头鹰敛起翅膀，想着那些没来由的黑
感觉很无辜；猫头鹰睁大双眼
望着四处漫溢的夜色，感觉很无辜
夜半时分，我听到猫头鹰的啼哭
婴儿一般伤心。黎明时分
猫头鹰抖一抖雾湿的羽毛，带走两翅黑斑
天边哗地裂出一片光来

秋风来临时我渴望一场雪

秋风到了吗？
早晨我用日晷测量，还有半个时辰
晚上我用双腿丈量，还有半步
秋风的脚尖几乎踩痛我的指尖
晷针的阴影曳地
死亡之月，谁是谁的最后舞步？

我抚摸一堆如霜的文字，如抚摸
一枚枚冰冷的甲骨
我渴望知道雪的消息
渴望降落一场彻天彻地的白
渴望所有的枯枝和心思都干净

所有炫目的牵手终会在斜阳里谢幕
爱情或恨；友情或妒；亲情或累
秋风来临的前夜，我兀自打扫门庭
谁坐在一块青石上等待夜色救赎？

说一会儿话不是象征主义

秋天已经来了
秋天踩过喧哗，踩过喧哗最后一寸光阴
一头栽倒在门外的石板路上
你说，坐在台阶上说一会儿话多好
坐在台阶上小憩，低声说话
话题与黄昏无关，与高低远近无关
与麻雀、蚂蚱、蒿草和收成无关

树叶的边缘已经泛黄
夏天旱过春天，秋天矮过屋檐
田野和晚风和或滴答或连绵的秋雨已无关紧要
坐在台阶最后的温暖上说一会儿话
就像傍晚出没的蝙蝠或猫
就像地头偶然发现的鼹鼠洞穴
它们收藏的粮食够过冬吗？

这个问题回答不回答也不重要
说一会儿话，不是象征主义

小雪很像一个人的名字

小雪是一个节气，是一幅场景，更像一个人的名字
雪没有下。我站在窗前，阳光撩起窗帘
转身的刹那，我看见侧影里有我，背影里也有我
我站在我的旁边，影子的上面
我的左边躺着三月的桃花和一支款款的歌谣
我的右边落叶温软
十月的叮咛一瓣一瓣黄出寒冷

我凝视窗外：雪没有下，三十层的脚手架
没有接到一片雪花。我移近光线一步
靠近温暖半步。偶尔
我会想念明年的三月，明年的十月
还有明年的小雪
我想念的日子什么时候才会像瓦罐里的豆芽
细细地白白地拔起腰身，鹅黄了头发？
我什么时候才能走出自己的侧影或背影
像一片雪花，在小雪这一天
想来就来，想不来就不来？

窗外的光线靠近我半步
光线的温度足够把一个简单的节气
融化成一幅斑驳的图画

在冬天，谁可以雪一样来去从容？

在冬天，没有人可以像雪一样来去从容
雪，开过之后凋谢
雪，白过之后寂灭
天空，树，还有房子的高处不留余痕

雪地里泥泞的篆字暗示了鸟兽的踪迹
我面对雪耀眼的白忧心忡忡——
雪可以轻灵，可以纯粹，但
雪不放弃，也不能放弃
放弃只是一声叹息。翻看泥土
不难找到雪的种子，雪的心事轻轻藏起
却比泥土还厚重

泥土里埋葬着雪的身，雪的魂
雪的梅一样的情爱
雪选择最轻的方式放下身段
雪选择最重的方式祭奠结局
梅的红是因为雪的白
冰的重是因为雪的轻
冰层下面，河流的声音像泥土一样
裂开春天

雪最像轻柔的文字

雪从前是说来就来的，像一天空轻柔的文字
雪落的感觉与夜半时分的诗句如出一辙
雪的确最像文字，飘逸，湿润，盈手一握
沁凉且温暖，宛如女子暴露在寒风中的细腰
文字该有的品质雪都会有的
我未料到今冬的雪会比一壶酒更猛烈

雪来时照常还是 11 月。日子过得像风一样
我还没有来得及把雪牵挂心上
雪就来了。雪是冬天藏而不露的眼神
一半落在女子盘起的发髻上，飘散
一半落在女子高耸的乳房上，圆润
雪在夜半来临，不曾跟我打一声招呼
我翻看日历，日历翻看早晚的寒流
雪便不声不响落上窗台。雪
轻轻推开冬天虚掩的门，季节
突然像初潮的少女，蓓蕾在一片红里发芽

雪说来就来了，不声不响却如此猛烈
一只酒杯在我的手心猝然碎裂

这个冬天会不会有特别的事情发生？
……我想，这场雪需用我一生的时间慢慢消化
这场雪必被写进历史，为白做最后的绝笔
我守着一壶温酒，不担心雪的洁白
只担心你走路的姿势像一瓣轻盈的雪花
河面覆盖着透明的冰
逝去的背影，疼痛且彻骨

雪地里寂静的火焰

诗是雪地里寂静的火焰吗？是性情之殇吗？

我说爱到深处是痛，你说恨到高处是痛

我说笑到浅处是重，你说哭到低处是重

蓝色或红色，白色或黑色

字或词，句或逗

痛或重

诗跌宕着，总想模仿比高还高的旗杆

比深还深的泥潭

总想飘扬旗杆之上，陷落泥潭之下

轻便轻过一粒秤星，重便重过一扇磨盘

诗人们总想比自由还自由，比反叛更反叛

诗人们不断被粮食、失眠、喘息、幻想、铅、性

和最轻的雪压榨

我越过寂静的雪地，看见秋后的大路上

爬行着一只刺猬

尖锐的肉针疑似枣树夏天的刺

下雪的日子想去看看过去

雪落下来，把你的脸映得一半红一半白
你说，我什么也没有了，我想离去
我抬头望着灰蒙蒙的天，看见一只麻雀飞过

你说曾去看过春天
那些青草太苦涩，浸泡着太多的心事
你说曾去看过夏天
那些花朵太烂漫，刺伤过太多的眼神
你说曾去看过秋天
那些果实太沉重，你的心一直往下沉
——寒流说来就来了
你说你什么也没有了，你这样说着
雪就纷纷扬扬落上你的房子
落满你的肩胛

我转身望着远处的树，望着树上笼着的烟
我说还是去看看春天吧，哪怕只有一丛草根
我说还是去看看夏天吧，哪怕只有一朵花瓣
我说还是去看看秋天吧，哪怕只有一粒种子
你抱着肩站在冬天的边缘
身后一座挨一座的房子上覆盖了皑皑的雪

172

想起你，我的心就会静下来

我的心太小，只能装下蚂蚁、蚯蚓、麻雀
或者醋柳一样随遇而安的矮种植物
只能装下砌在土崖下的房子、院子、鸡窝
或者露天的茅厕。我的心更不够高
她像枣树上尖而不锐的刺，风一吹就落泪
嫩枝上黄色的花朵多像米粒
微眯的眼神只能看见嶙峋、瘠薄和贫困

那些裸露的品质是野生的，我出生时
已存活许多年；我离开时，依然一串一串的
很团结。我时常想起刺玫红红的果实
它攥紧小小的拳头，身旁一蓬一蓬的草籽
落进村庄和山坡的缝隙。那些小小的拳头
那些紧密的拳头，它们石子一样强壮
只要把肩膀收起来，就可以为自己取暖
只要把腰身低下去，就可以挨过冬天

半座山坡、一把干柴、一块石板、一捧湿土
还有三个刚挖出的山药蛋。秋天的午餐
喂养过空荡荡的童年，那一天的山上

炊烟比白杨树还直，阳光比沙土地还薄
一个少年躺在山坡上望了一会儿白云
他说，那是我家的羊群，太阳下山的时候
我要把它们赶回家去。是的，那一天
我是骑在黄昏的背上，赶着羊群回到那座
四四方方的院子的，斜阳里的石房子矮矮的

我在屋檐下长大，心一直很低很低
低到什么也够不着。我离开你三十多年了
一想到你，我的心便像夜晚的石板静下来
那静月光一样铺开，像河边细细的沙子
像房梁下长长的灰尘，像阁楼上
黄澄澄的小米……在夏天，缸里的粮食
是发凉的，我的胃像故乡一样很小很小
一碗小米汤养活过四十个低矮的春天

一粒一粒的花椒不是挂在枝头的血珠

坐在石砌的院墙上，我比你高出半个身子
我只是半坐在石墙上端详你的站姿
我不会伸手。我知道你怕涝，耐旱，斜生着刺
我只想嗅一嗅你的味道。一粒一粒的花椒
油亮如针尖刺在手指上的血珠，我没有伸手

你长在邻家院子很多年了，在乡亲的眼里
落叶灌木也是树。我允许你把手伸到院墙这边来
那些灰褐色的手臂长着锯齿样的叶子
长着尖尖的刺，多像枣木
我允许你枣树一样长刺的手臂伸过院墙来
那堵漏风的乱石墙阻挡不住你的香气

你可以把手伸过来，把刺伸过来，把香气和香气
紧紧裹挟的麻辣伸过来。那一条一条的手臂
鼓起细小的疙瘩，那怪怪的味道一如阴天
院墙两边的房子一高一低，我看得清你的艰辛
我是你的邻居，与你过着同样内心麻辣的日子
我不会拿院墙这边的山楂树与你做任何比较

回到一株草里

我，或你，或他们在这个城市寻找什么？
我们无法远眺，这个城市种植的作物
生长期越来越长，目光
被不带刺的荆棘割得支离破碎

城市不喜欢水性的种子，却偏爱水泥和金属
他们种植比草还茂盛的厂房
种植比豆畦还整齐的道路
种植终年常灰的石头一样结实的高楼
楼下的空地越来越小，街边的空地越来越窄
城市中间的河道越来越高
河岸两边无法收割的目光越来越干涸
从乡村到城市，人聚集的地方天天在变
我用什么去变回我的村庄呢？

或许一株草，一朵花，一棵树就是一个村庄吧
那时候，我们回老家就是回到一株草里
回到一朵花里，回到一棵树里
回到四季分明的生或死里

第七辑　露水落下，霜雪便来临

一口气

人活一口气，这是祖母最爱说的
祖母咽下最后一口气很多年了
她的话我一直信。活着的人鬼话连篇
祖母去了那个世界很久了
她从不说鬼话。我知道她生前
没有学会说鬼话，死后也学不会
不像某些人，活着的时候
就为做鬼做好了准备

本 色

这半生，我最爱的和最恨的
都是我的本色。它出生时长着铡刀的模样
刀背很厚，刀刃很薄，刀把很长
小时候，我站在一块磨刀石上
练习笨鸟先飞，我是一只深山老林的布谷鸟
长在风景里，却不晓得风月和风光

长大了，刀背还是那样厚
刀把还是那样长。我把磨刀石
忘在故乡了，我把刀刃锈成磨刀石了
它在深夜发出霍霍之声，这把过世的铡刀
到老也没弄明白弯曲之妙

除了生锈，它只能藏于蒿草深处
像遗弃在故乡的磨刀石
日晒，雨淋，把乡邻的牛羊绊倒

诗 人

那个越来越憔悴的人是一个写诗的人
他守着原则，越来越孤独
他守着道德，越来越忧伤
他守着爱情，越来越消瘦

那个孤独的人中了毒
那个忧伤的人受了伤
那个爱着的人一直被爱抛弃

他一穷二白，只是一个写诗的人
诗歌却总被丰腴的器官触摸
窸窣的声音惊动了隔壁的牌坊

教 堂

教堂的肃穆是尖顶的
下铺红地毯，上仰神祇的祝福
祈祷站立左右两厢，忏悔是终生的

一位老妇人站在门口的光亮里
目送最后一个女儿走上红地毯。女儿是被幸福
牵走的，老妇人不禁潸然泪下
老妇人分明看见，一对新人走进誓言
一生的磨难走出教堂

如果可能，她愿做一辈子清洁工
把台阶下的磨难
一点，一点
洗干净

一　生

身体柔软成一张弓或一座桥
童年，少年，青年，中年和老年
横排走过。一江春水
纵列走过

偶尔，也坐成一个沉默的背影
脊梁上画一个清澈的陶罐
水挂上陶壁，盐是陶罐的霜
深秋暗在瓦的边缘

在自己胸前纹一幅树枝的图案吧
不要管它能不能长成树
根注定流浪，生着的，活着的
坠落着的花瓣

他们说那是最美丽的身体
双腿一字打开，两手托着下巴
一双冬雪的眼睛定定地看着
世界的外面

他们说这个身体赤条条地来
又赤条条地去
活着就是套上一件外衣，再
剥去一件外衣

穿着，脱着
穿着，脱着
身体就从这边踱到了那边
只剩
空空的流水在桥的下面

或许，如果再选择一次
你只愿意把身体蜷缩在水里
像一张睡眠的弓背
永不搭弦

过 敏

我必得收回诅咒，忘却灾难
这个决定无需任何理由
这个春天，我突然对花粉敏感

当灾难演变为煽情，一个遮蔽的理由
可以堂而皇之，招摇过市。独狼占用白日的街道
猫和老鼠在黑夜的角落窃窃私语

我必得扎紧篱笆，学会首鼠两端
既不恨，也不哭
我必得把自己修炼成金刚不朽之身
置身是非之外

是的，我必得把自己变成无情无义之人
活着的时候，忽略自己的生前
死去的时候，预设自己的后事
我必得拒绝喧闹，拒绝寂静
我必得安排两只狼狗守护在明日的墓前
拒绝祈祷的和流泪的人入内

我必得麻木，必得睁一眼闭一眼
必得在活着的时候，不说灾难
在死去的时候，不说浪漫
我必得狠一狠心，将脏水和孩子一起倒掉
我必得收回诅咒，打烂牙齿
让碎玉和灾难一起下咽

这个春天，我莫名地敏感花粉
我厌倦了虚伪和无耻
我必得更虚伪，才能活得更真实
我必得更无耻，才能死得更高尚

原　点

出走的不一定要回来
出走的必定要回来

不要去观察一棵树，命定的它必须朝向天空
天空命定的高远，树命定的无法抵达
但一棵树必须朝向天空逼近
这是命定的

不要去观察一条河流，命定的它必须走向地平线
地平线命定的没有尽头，河流命定的无法接近
但一条河流必须奔向地平线
这是命定的

不要去观察一块石头，命定的它必须化为沙砾
沙砾命定的渺小，石头命定的无法更小
但一块石头必须活得比沙砾沉重
这是命定的

不要去观察泥土、草、花瓣和鸟的蛋
不要去观察骡子的生殖器、鱼的腮和飞机的翅膀

不要去观察鹅的姿势、狗的忠诚和狐狸的思想
不要去观察庙宇、祭台、木偶和风雨剥蚀的碑文
不要去观察雷电、冰雹、霜雪和尘
……

命定的，除了死亡
任何东西自诞生的那一刻都必须离开
命定的，任何东西都必将以死亡的方式回归

退 守

无路可走的日子，我总想退回原地
只写一撇一捺，做一个简单的人
我想干净，不该把最后的尊严输光

尤其面对秋水、牌楼和苍茫
尤其面对欲壑、蒺藜和绝望
尤其面对绝壁、云端和飞翔

一步，一步，我决定退守谷底
守护一条藤一样皲裂的溪
守护一个最远最穷最白的亲人

姐姐，有一池清水照脸，好不好？
有一掬清水洗脸，好不好？
有一滴水珠挂上脸庞，好不好？

我想安安静静地坐在石头凹下的地方
思考一次圆，我想退守回圆的子宫
让干净长出龟的壳

忽　略

把自己藏到省略号里如何？落叶正枯黄
霜降之后，秋风送来空的摇篮
我喜欢弧线，就像我
喜欢游荡，喜欢圆及圆的事物
包括露珠、泪珠、珍珠、汗珠和乳房

我喜欢一串一串的饰品
喜欢饰品一样被悬挂，被抛洒，被抚摸
喜欢铃声一样被风送到很高很远
我仅是你的装饰，仅是被你忽略的六分之一
仅是自己的全部。左脸被打之后
我会把右脸藏起来；右脸被打之后
我会把叹息藏起来；叹息被风干之后
我会把坚硬的壳藏起来

我不会回到蚌壳阴暗的内部，不会让
一个省略号变成一串顿号
我喜欢晶莹、剔透、圆润、光滑的事物
我会一直将自己省略下去
直至表面裂开树化石细小的纹理

规　则

你信不？规则只制定给那个戴枷锁的人
你信不？身正的人最怕影子斜
守着规则的那个人即将成为罪人
守着规则的那个人必将背负所有的罪名

我想越过篱笆去寻找乌鸦
我想穿越院子去寻找那只黑黑的乌鸦
乌鸦是第一个说出自己黑的人
乌鸦一嘴一嘴叼食尸体，说天底下的兄弟
都和自己一般黑。诚实的乌鸦
明白自己该吃掉什么，该吐出什么
乌鸦的喙不够尖锐，不挑拨是非

我想去寻找乌鸦，向它取经又黑又厚的逻辑
我要去寻找乌鸦，向它取经脚爪朝天
纹丝不动的雪地装死术
我要去寻找乌鸦，向它取经悬崖边舞蹈的秘诀
我要去寻找乌鸦，呱呱大叫着时刻保持警觉
或者搬进旁边那座小木屋，狩一回猎

意 外

我确信不会给你带来意外。从前不会，现在不会
将来也不会。戏剧效果是一具木乃伊，我了无兴趣
面对丑角或青衣，我笑不出来，也哭不出来

悲悯是不流泪的，无须口吐莲花般挤出冰雪的谎言
悲悯的疼痛仅用心感受远远不够，还需辅以灵魂
如果你觉得我的淡定对你是侮辱，淡定便愈加稀薄

你说你每天刷牙，我便相信你的牙齿是白的
你说你每天洗脸，我便相信你的脸是干净的
你说你每天焚香，我便相信你对信仰是虔诚的

你说什么便是什么，我不会给你带来任何意外
我歪身在剧场一隅流口水，打呼噜，说梦话
如果舞台突然坍塌，我不会把这起事件当作意外

春天，我打扰你一下好吗？

那年五月，你把我的午觉撕碎了
今年四月，你把我的晨梦惊破了
春天，你抬眼看看废墟里的那双眼睛
抬眼看看废墟旁边那一群眼睛
抬眼看看废墟之外那一群一群的眼睛
春天，你是不是该对我说一句话？

那年你拿走了我的正午，我默默忍受了
今年你拿走了我的黎明，我默默忍受了
那年你拿走了我的五月，我默默忍受了
今年你拿走了我的四月，我默默忍受了
春天，我还有多少宁静可以供你拿走？！
春天，你还想从我这儿拿走什么？！

春天，你一次又一次打扰着我的宁静
我也打扰你一次好吗？
你睁眼好好看看这个忽冷忽热的季节
睁眼好好看看院子，路边，山坡
睁眼好好看看红的，黄的，白的

这遍地的花为什么一夜间竞相怒放？

这遍地的花为什么会开得如此猛烈？

春天，你不想俯下身轻声问一句吗？

立春的那一天，雪病了

立春的那一日你来过，落地就化了
昨天你又来了，尾随着短时风暴
我不清楚，现在到底该是冬天，还是春天
雪残留在地上，阳光照在天上

你这个神经紊乱的女人
你这个经期不规律的女人
你把一个冬天吸干，在花开的时候吐出雪
如果你吐出血也就罢了，红红的
接近桃花，接近三月
你偏偏吐出一地的白来
逼迫时光倒退回十二月的山顶
假装这个世界很干净
假装这个世界像你一样纯洁

其实，你的病在上个世纪就犯了
你把上个世纪的棉衣棉裤扒下来盖在冰的身上
你说，你要让河流一年四季都变得暖和
要让孤傲的山慢慢阳痿
你说，你要把世界上所有的男人都征服

就像湿漉漉的棉被蒙住头颅和呼吸
男人们躺在你温暖的怀抱掉光头发
你却花枝一般大笑着，任由雪越过冬天
落在春天的草坡

与没有道德的人谈论民主是羞耻的

那座园子有花，有草，有树木，有流水，有自由的风和鸟
想象中的事物其实是抽象的，保鲜一座园子需要透明的薄膜
饱满的墒情、适宜的温度以及足够的氧气和光照
"饱满""适宜"和"足够"更抽象，被诗拒绝的季节寂寥
心底的河流被冰雪覆盖，冻土层顽固如道德的处女膜

我站在零下，这是我唯一可以准确度量的感受
我曾经奢望与你谈论一座园子的春秋，却蓦然发现——
我一直在与狼谈论素食，与狗谈论本性，与猪谈论智慧，与
　　妓女谈论贞操，与嫖客谈论洁癖，与强盗谈论仁义，与母
　　鸡谈论公鸭，与公鸭谈论天鹅，与天鹅谈论风、马、牛和
　　其他长腿或不长腿、长翅或不长翅、食草或食肉的动物
　　以及皮毛上温暖的颜色……
那一刻，除了牌坊一样侍立两厢的松树和柏树
我看到的植物都一丝不挂地肃杀在寒风里
那副裸体的风景不关温饱，不思淫欲，只是被绑架的道具
蹂躏道德的人一直盘踞在道德的肚皮之上
我站在树根之下与你谈论民主多么令人羞耻！

那座美丽的园子好比一座神龛，或神龛旁边的花池

我不慎窥破花开的秘密，仅默许风与雨在这座园子里约会
但不可偷情；即使草允许，树允许，鸟允许
鸡鹅鱼鸭牛羊猪马和驴都允许，我也绝不宽恕殉情的人！

与没有良知的人谈论规则是悲哀的

你是立法者，站在戒条之外；你说你两手空空
我便终生为囚。游戏还未开始，便已结束
我是个稻草人，悲凉的风为什么一直吹着我的脸？

我安静，干燥，松散，一把死亡的植物扎束而成
我没有冲动，没有欲望，没有花朵或果实
我早被去年的镰刀收割，站在庄园为你守候秋天

庄稼左右成行，秩序井然，深深浅浅的地垄欲壑难填
这与我有什么关系呢？种子是你的，犁铧是你的
锄头和镰刀是你的，我举起拳头宣示的守则也是你的

我早已错失季节，只是一副不再迎风流泪的皮囊
你的喉咙鸟语花香，肠胃志满意得，心脏空无一物
我从不惊讶怪诞，与没有良知的人谈论规则多么悲哀！

悲凉的风为什么一直吹着我的脸？深秋的星空茫然
一条母狗游走在八月，我听见你说雨水充足
今年又是一个好收成。露水落下，霜雪便来临

祈祷辞

在钢筋水泥的暮色里，还有哪扇窗户不藏着忧伤？
孩子，你看郊外那匹晚归的老马，它低头望着流水
草青了。草黄了。老马已经咀嚼不动野草的味道
草青了。草黄了。无论春天或秋天，我都是悲伤的人
孩子，攥紧你的马缰吧，我将把寒风和打趔趄的人
挡在我的身后，我醉酒时，我摇晃在黄昏或夜半时
她就是我的影子。孩子，不要担心远方，草原越广袤
风才越浩荡，马儿才能奔跑在云上。你还记得吗？
我的祖母曾背井离乡，你的祖父曾背井离乡
我也是背井离乡的人，我们的家族世代把远方当故乡
你我的相遇是人生预设的前生和后世，不管是相聚
还是分别，你我的每一天都是节日，必定是节日
你我的缘就是命定的节日！我把一颗星刻在你的额头
把一副十字攥在我的掌心，孩子，神不在宗教裁判所
在十字架上。我祈求上苍允许我，以我衰老的心跳
抚摸你远去的足印，以我苍茫的泪水温暖你留下的笑容
孩子，你看郊外那匹枣红的老马，它深情地望着流水
草青了。草黄了。老马却咀嚼不动野草的味道
草青了。草黄了。我将是那个垂垂老去的人……
孩子，他乡终归是他人的故乡，夜风伤身，晨露伤胃

越是空旷的地方越容易迷失方向。孩子，北方在北
想家时抬头望一望，我是北斗星旁边的那颗星
我是那颗星拴着的那匹老马，我守候着你的归途
守候着你远去的背影，还有那扇眺望你的窗口……

朝圣者

朝圣的人西行而去，雪芒落满头颅。内心的岩浆在颠覆中重构
孤寂的、火红的、燃烧的情欲，上天的恩赐凌空舞蹈
是谁照亮冰雪的子宫或穹庐？怀抱圣洁的诗歌、爱情和罂粟
一个孩子奔向遥远的雪域，他高举着向日葵温暖的脸庞
我捧住阳光，他便泪流满面。他是虔诚的，敏感的，懦弱的
海子死了，他还活着；他是多情的，强大的，暴戾的
哈姆雷特在梦中一遍又一遍弑杀父王……哦，不要怀疑王子
颠覆王位的动机，母爱、使命或命定的魔鬼与神性同在
西西弗可曾关心脱手时刻何时降临？不要追问他将重构什么
或如何重构，他为禁果而来，天使长着一双透明的翅膀
哦，圣母玛利亚！请张开如水的怀抱接纳来自尘世的浪子吧
他经受的苦难远比诗歌和情欲来得更为猛烈……
哦，那张向日葵的脸，我明亮的日出！他纯粹，所以他逃离
他高洁，所以他绝望。我也是绝望的，在人间蒙尘已久
我还是堕落的，守着一道伤口终生缄默；我更是羞耻的
被理想和规则打落悬崖，却依然死死拽住道德的裤口
但在那一刻，我要站起来赞美所有为爱情而抵达沸点的人
明日的冷却不是今天胆怯的理由或借口。我要站起来
诅咒所有遇到爱情便阳痿的人，软弱者岂有资格玷污红地毯
和白纱裙？！哦，圣洁的孩子，我多么嫉妒你自由的灵魂

你生为爱和诗歌而来，死为爱和诗歌而去，出走的那日
我已把祷词和种子种满你瘠瘦的行囊。我知道
我衰老的皱纹将越来越丑陋，我荒凉的头颅将越来越稀薄
我的悲悯却漫成额头上喷薄而出的霞光，祝福洒满天路
……不要仇恨我的道貌岸然，我的时光所剩无几
我一无所有的人生终将一无所有。不要质疑我的遮蔽和虚伪
看到我伤痕累累的胸膛，每一道沟坎都会让你望而却步
……哦，那个朝圣的孩子一路踽踽向西而行
我远远望了一眼，便转身与黄昏打坐在山巅的孤独之上

中年赋

一路活到中年，终于哂摸出舌尖上三滴水的滋味
——一滴写撇，一滴写捺，还有一滴无所寄托
为尊者讳，为卑者隐，目睹幸福或灾难莫名哽咽
不再有泪，灵与肉却难以自已地抽泣。可记得
那一年，我为谁砍去树的春华？可记得，又一年
我为谁砍去树的秋实？那棵树，那些坠落之物
忠义、道义、仁义、侠义和情义被同一尾巴拖累
无力承受秋风低首的祷词，我多想与落叶一起老去
我只是过往无关紧要的见证，只是隐藏的姓氏
赵氏在，孤儿在，孤独便在，倾斜的宗祠前
最悲苦的不是伤逝的白骨，而是不曾托孤的襟怀
医者肋骨瘦弱，皱纹掩埋白发，虚妄之说也运命
一义字耗去十九年笔墨，一仁心耗干大半生心血
卷刃的刀、钝痛的针和锈迹斑斑的药罐与怜悯无缘
一撇一捺，立地成桩，背靠这了无牵挂的树身
我自斟自饮，自说自话，不谈无，不谈空，不谈
通或达。树冠不在，树荫便不在，阳光白花花落下
把最后一滴酒当作无所寄托的水独自慢慢咽下
从不指望吻湿的舌尖绽放莲花。打坐在旷野之外
打坐在树桩之上，一滴晨露从眼前啪嗒落下

苦难经

来吧，刀。来吧，剑。来吧，戟。我不是持枪的人
来吧，石。来吧，铁。来吧，青铜。我紧握的
最后一块黄金是我的良心。来吧，切割。来吧，锻打。
来吧，淬火。我不是锤子，我是铁砧。来吧，火。
来吧，水。来吧，血。我不是天上飞过的龙
是地上爬行的蛇。来吧，雾。来吧，霜。来吧，闪电。
我伸出我的手臂，刻上你的图腾。来吧，爱。来吧，恨。
来吧，前生后世。我是一具肉体，一生被苦难打磨
来吧，蝗虫。来吧，鼹鼠。来吧，蜈蚣。来吧，蟑螂。
来吧，跳蚤。来吧，苍蝇。来吧，牛虻。来吧，飞蛾。
来吧，螨虫。来吧，蝼蛄。来吧，蚂蚁。来吧，蚯蚓。
来吧，蜘蛛。来吧，蜗牛。来吧，刺猬。来吧，乌龟。
来吧，甲壳虫。来吧，蝙蝠。来吧，乌鸦。来吧，麻雀。
来吧，鹭。来吧，鹞子。来吧，雕。来吧，猫头鹰。
来吧，啄木鸟。来吧，猪、狗、牛、马、驴和骡子……
来吧，那些神祇，那些魔鬼，那座人间，那座地狱
那些狼狈为奸的，那些猫鼠同眠的，那些颠鸾倒凤的
那些画龙刻鹄的，那些蝇营狗苟的，那些鸡鸣狗盗的
那些为虎作伥的，那些顺手牵羊的，那些掩耳盗铃的
那些沐猴而冠的，那些指鹿为马的，那些狂犬吠日的

那些对牛弹琴的，那些杯弓蛇影的，那些兔死狐悲的
那些以邻为壑的，那些画地为牢的，那些摇唇鼓舌的
那些手舞足蹈的，那些酒池肉林的，那些两面三刀的
那些煽风点火的，那些腾云驾雾的，那些翻云覆雨的
那些病入膏肓的，那些挥刀自宫的，那些执掌生杀大权的
……我把我身上的每个毛孔都张开，任由欲望侵蚀和叮咬
我把我身上的每块皮肤都铺展，任由贪婪蹂躏和强暴
哦！苦难就是我的大地——来吧，戟。来吧，青铜。
来吧，淬火。来吧，血。来吧，闪电。来吧，前生后世。
我紧握的最后一块黄金是我的良心，一生被苦难打磨

长镜头——致贝拉·塔尔们

重复是一台绞肉机
　　　　——题记

撒旦的探戈

1

给世界留个特写吧，黑白的
把目光也留下来，但
眼泪收回去。其实
目光里怎么能没有眼泪呢？
温暖有秩序，但不自由
仿佛天际傍晚时分的一线白
靠着森林行走，昏暗愈发昏暗
树和雨，谁是那只泥泞的肺？
你看，昏暗与昏暗，树木与树木
雨水与雨水互为暧昧
你看，你看，昏暗与树木与雨水
互为暧昧。这并没什么不好

就像有人渴望林中空地
有人渴望山中洞穴
听，光的凋零比时光斑驳
檐水并非时间唯一正确的走法

2

那一天，我看见一群人走在路上
落在后面的那两个人
一个背着包裹，左手右手各拎一只皮箱
一个拎着包裹，胸前背后各挎一只皮箱
我只看到他们的背影
天有些阴沉，道路有些泥泞
我看到的背影仿佛探戈
天空何时开始倒悬着呢？
没有什么，仅想留下一个特写
不需要霞，不需要虹
不需要雷或电
甚至不需要一株草或一只靴子
我说到过苦难吗？多么多余的担心
黑本是一女子，难产了世界
你居然想到白，存心何其不良！
瞧，我犯下一个不大不小的错误
天边的那线光雨一样灰着

3

一幅画的正面与反面。脸与背影

哪个更靠谱？背影看上去

踏实（抑或厚实？）严肃（抑或肃穆？）

庄重（抑或沉重？）不曾背负恐惧

（抑或，我未看到目光里的冷峻？）

我相信这些，这算自欺欺人吗？

我不相信这些，这算睿智吗？

留恋血或体温，这是没办法的事

人制造了更多光，世界却愈发寒冷

变态而已，就像细菌很白，很臃肿

就像长镜头——对，长镜头！长镜头！

我们为何不敢用慢甚或静止

看一眼世界呢？

4

如果把每幅表情都凝固下来

该是一件多么可怕的事！

希望。失望。绝望。幸灾乐祸

其实，欲望便是灾难，否则

它会是什么？我拒绝回答这个问题

难道它于我是一种虚无？

我知道，世上所有的噪音都来自

机器和牙齿，这坚硬的私生子

藏而不露的人性

竟让雨水连绵的秋天寒意深长——

落叶吹过脚面，一只蝉死了

落叶吹过帽子，一只蝉的鸣叫死了

落叶吹过背影，一只蝉的季节死了
听，钟声如此遥远辽阔
它为谁而鸣？为谁而不鸣？

5

死亡并不可怕；天凉了
我想起故乡。死亡真的不可怕
我想起遥远但不辽阔的故乡
在那儿，我认识了猫头鹰
熟悉它的习性。一种会哭的动物
眼里却不含泪水，我多希望
啄木鸟与它长久对视，啄瞎它的眼睛！
可养猫的小女孩死了
微笑像一只猫头鹰
养猫的那个小女孩真的死了
猫头鹰安静地望向村口
雨什么时候能停下来？
道路什么时候不再泥泞？

6

没有一样东西是真实的，眼睛说
没有一样东西是真实的，耳朵说
没有一样东西是真实的
安静像死亡，吐出舌头又咽回
窗户被打开，又被关上

我站在窗前，眺望漂泊的记忆
苍蝇在歌唱。奶牛在交配
"羊群跟着影子"。旷野。沼泽
苍茫。暮色。还有蜘蛛及网
还有纠缠不休的雨和泥泞……
哦，一切都如此真实
绝望牙齿一样嵌在骨缝里
时间说，疼
音乐响起。黑归黑
白归白。剧终

都灵之马

1

勿庸置疑，那是一匹老马
一匹老得不像马的马
一匹从黑暗中跑出来的马；抑或
一幅被眼泪打湿的岩画？
赶马车的人也很老
老得不想说话。风在吹
头发和马鬃在飞，叶子在飞
女孩坐在窗前，叶子像鸟
尘土在飞。最温暖的是炉火？
最明亮的也是炉火？
吃饭吧，这是她在第一天说的第一句话
睡吧，这是他在第一天说的第一句话

仿佛尼采说的：妈妈，我真傻

父亲望向窗户，女孩盯着天花板
蛀木虫的声音停了
瓦片从屋顶滑落，在风中碎裂

                2

风把女孩的衣裙吹向空中
女孩去井边打水
父亲看着女孩从风中回来
带上门。女孩帮父亲把前天傍晚
脱掉的外套穿上。女孩帮父亲
把前天傍晚卸下的马车套上
第二天就这样开始了
风很大，任缰绳怎么抽打
马都不肯向前一步。卸掉马车
关上马房。返回屋子
女孩帮父亲把刚穿好的外套脱掉
父亲像根木头，又像个皇帝
有些暴燥

父亲劈柴，女孩洗衣服
讨酒的人说酒话：世界堕落了
人在废墟上审判人

3

这一天，把衣服一件，一件
又一件穿好的，是女孩
她把炉火点燃，去井边打水
风一如既往，空中有呼啸，有沙土
还有叶子。开门。关门
父亲欠身坐起。喝水。咳嗽
坐在床前等着换外套，换靴子
墙上的影子没有表情
照例喝掉两杯白兰地，去喂马
风打着转，马不吃不喝
早餐。晚餐。一人一颗土豆
早餐。晚餐。一人一颗土豆

两匹白马拉着一辆马车破风而来
车上坐着七个吉普赛人，他们来抢水
风从一个方向吹来
读《圣经》的女孩手指很白

4

女孩去打水，水井枯了
父亲喝掉两杯白兰地，收拾东西搬家
衣箱。炉子。水桶。麻绳。还有土豆
女孩拉车，父亲推车，马跟在车后
满地落叶。满天落叶

落叶中间站着一棵光秃秃的树
他们消失在地平线，又原路返回
他们哪儿都不想去
风呼呼地吹，他们能去哪里？

父亲爬在窗前，风呼呼地吹
父亲一动不动，爬在
左下角的窗格里，风呼呼地吹

5

父亲的头发更乱了
父亲的头发更白了
光照进来，女孩帮父亲更衣
酒瓶空了，马房的门打开
马抬头看向门外，眼神像赶车的人
摘下笼头。关上马房
远处的树光秃秃的，地上的叶子
又厚了一寸。父亲低头坐在窗前
女孩默默缝补衣服。早餐？
晚餐？一人一颗土豆

天突然黑下来，女孩点亮灯
灯苗跳动几下，缓慢熄灭
女孩和父亲一起去点灯
油满着，却怎么也点不着
摸黑上床。摸黑睡觉

风不知道什么时候停了

6

父亲翻动着盘中的生土豆说
吃吧，我们必须吃
女孩一动不动，不吃，不说话
天还未亮，便黑了

盖　瑞

奔驰在奔驰。奔驰的影子在奔驰
挡风玻璃的左下角被刷出扇形的半弧
右上角落满圆的泥点，但并未下雨
空中汽球一样的光晕是波粒的拆分吗？
坐在左边的叫盖瑞。坐在右边的叫盖瑞
走在前面的是盖瑞。走在后面的是盖瑞
嗨，盖瑞，走这边

奔驰停在公路边
条条大路通罗马

景色很美，盖瑞要迷路了
乌云压过来，盖瑞要迷路了
让篝火照亮黑夜，盖瑞会迷路吗？
盖瑞对盖瑞讲很久前的故事——
我无法种植小麦饲养战马
我没有放牧绵羊的地方

我只是一匹害羞的马
我拿什么拯救你，我的城堡？

盖瑞走左边。盖瑞走右边
石山裸陈，植被稀薄
盖瑞站在低处的山头上
盖瑞站在高处的山头上
盖瑞问盖瑞，你看到了什么？
这边端详，云仿佛被火山映红
那边端详，云是灰黑的余烬
盖瑞找不到盖瑞，盖瑞很害怕
盖瑞无路可走，被困在山顶
——其实，是块巨石上

盖瑞要救盖瑞，在巨石下堆起土墩
盖瑞要救盖瑞，在巨石下堆起土墩
盖瑞要救盖瑞，在巨石下堆起土墩

河谷的风浩荡，盖瑞和盖瑞
跟踪动物的足迹，去找水
盖瑞和盖瑞走进寸草不生的荒漠
风沙把足迹掩没
哦，多么像我的黄土高原！
盖瑞和盖瑞并肩行走
盖瑞和盖瑞的脸几乎叠加
盖瑞和盖瑞的脚步声浑然一体

盖瑞和盖瑞的喘息像动物在交配

穿过又一道河谷。翻过又一座山
盖瑞和盖瑞迷路了
你要去哪里？盖瑞问
我不知道，盖瑞答
世界突然安静下来，云铺天盖地
由白而黑，夕阳西下
由黑而白，风卷起蒿草掠过峡谷
盖瑞和盖瑞一路走来
竟未看到一样事物相同

朝东？朝西？朝南？朝北？
朝东？朝西？朝南？朝北？
音乐单调至极
公路到底在哪里啊！

看到曙光那一刻，可能看到
海市蜃楼。疲惫至极。饥渴至极
影子挪动。看到曙光那一刻
能看到海市蜃楼。走在前面的
是盖瑞，走在后面的
是盖瑞。走在画面右上方的
是盖瑞，走在画面左下方的是盖瑞
走在画面中间的，还是盖瑞
在海市蜃楼出现之前

云在天上流动，时间静止

那一刻，盖瑞睡着了
那一刻，盖瑞躺在盐碱地睡着了
那一刻出现的，并非海市蜃楼
而是太阳婴儿一样重生
可盖瑞睡着了，盖瑞快死了
有谁会去关心那风景？
——云在天上飘，那么白
云在地上跑，那么黑
阳光把云撕成棉絮
天那么蓝

盖瑞活着。盖瑞死了
活着的盖瑞掐死死去的盖瑞
独自回家

只能用我的灰烬温暖你

（后 记）

我写秋天，并非因为她的繁盛，而是因为她的衰减。

叶子一片一片飘落，有的金黄，有的接近金黄，有的仅仅是憔悴。在北方，除了常青的松柏，大多树木的叶子总归要飘落的，就像我的诗大多要付之一炬的。

与其等待她慢慢成灰，不如亲手把她掩埋。

从两千多首短诗里选出一百多首结集出版，便是我的一次掩埋。这个过程当然不够彻底，毕竟，能够活下去的仅是少数，只能是少数。

做个少数的人，留下少数的诗，于我只能算一种奢望吧。

当然，这个少数也仅是我的少数，于诗歌而言，她们可能什么都不是。这是诗写者的宿命，不管多么残酷，都必须面对，都必须孤独前行，不是吗？

我不奢望自己是个少数的人，但我愿意做个孤独的人。

孤独其实是一种修行，把智慧的光芒埋在灵魂的最深处，让她骨头一样风化，血一样凝结，老酒一样弥散。坐在寒夜的篝火边，无话可说时便独自去摩挲，去触摸，去啜饮，甚或去咀嚼。如果你感受到独自的快乐，你便是个称职的孤独者。如果你感受到隐秘的快感，你便是个真正的孤独者。

让黑夜更黑，让白昼更白，让寒冷更彻骨，让灰烬更温暖。

在黑夜，我触摸到孤独的皱纹；在白昼，我触摸到孤独的皱纹；在篝火旁，我还触摸到孤独的皱纹，触摸到皱纹里埋藏的思想、情爱、疼痛和向死而生的欲望。

对，不思想不孤独，不爱不孤独，不疼痛不孤独，不向死而生不孤独。想一想，自己便是森林，自己便是森林中的小木屋，自己便是小木屋前的篝火，自己做自己的木匠或火种，那该多么好!

瞧，那堆灰烬该多么温暖!

其实，孤独者就是这样一群人：行走人群中但远离人群，守望神祇但不靠近神坛，让自己自由但不妨害他人自由。孤独者还是哲学、科学、艺术中的疯子、呆子、痴子，孤独如果死了，哲学便死了，科学便死了，艺术便死了；当然，诗歌也死了。

河边那块卵石被河水冲刷过，被风雨剥蚀过，被阳光照耀过，她却越来越结实，越来越致密，越来越光洁。抚摸她吧，从她一无所有的身体内部抚摸出光，抚摸出水，抚摸出声音，仿佛稀有元素无声无息地衰变或泉清澈地喷射。

哦，你听到了吗？骨头的声音，血液的声音，爱或恨的声音。

其实，孤独也是一种天性，谁都携带着呢；只不过，世上只有百分之一的人是真的孤独，只有万分之一的人守住了孤独。

守住孤独的孤独者才是真正的孤独者，才是少数。

诗写者也是孤独者，也是少数；当然，我说的诗写者仅指真正的诗写者，而我只不过是恰好喜欢做这件事而已。

　　别无所图，只愿用我的灰烬温暖你。别无所能，只能用我的灰烬温暖你。

2018 年 12 月 6 日　于太原